封神榜

原著　許仲琳
撮寫　馬光復

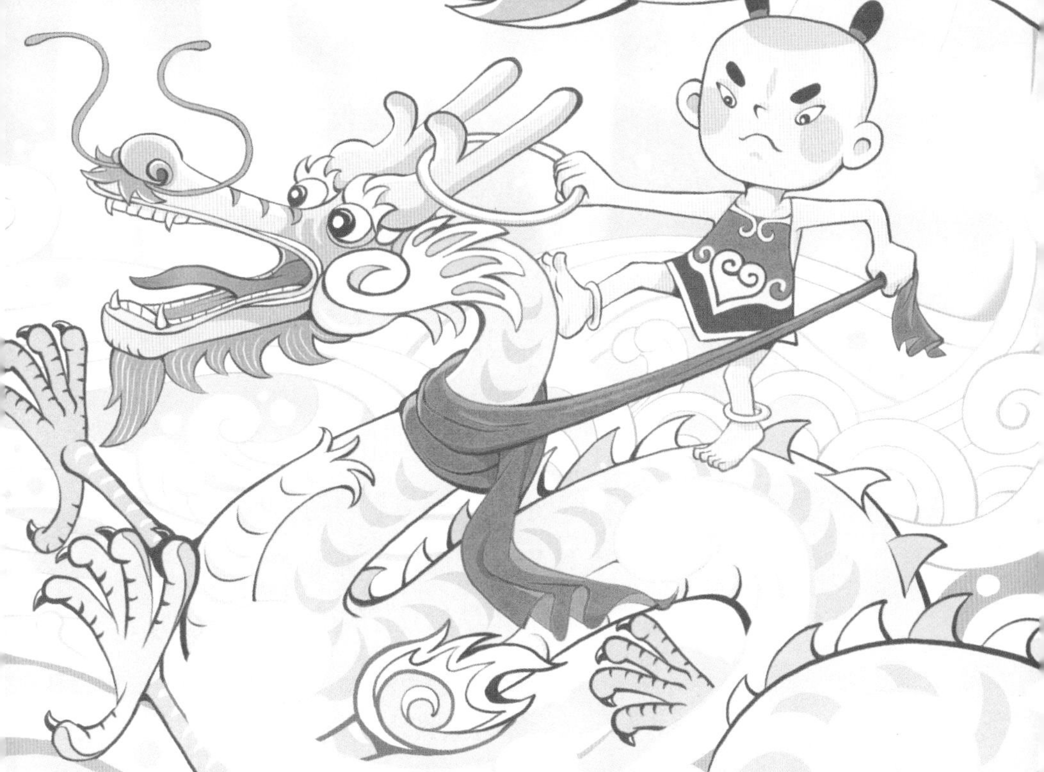

新雅文化事業有限公司
www.sunya.com.hk

世界名著——啟迪心靈的鑰匙

文學名著，具有永久的魅力。一代又一代的讀者，曾從中吸取智慧和勇氣。

面對未來競爭性很強的社會，少年兒童需要作好準備，從素質的培養、性格的塑造、心理承受力的加強、思維方式的形成、智力的開發，以及鍛煉堅強的意志，都是重要的課題。家庭教育的單調、學校教育的局限、社會教育的不足，使孩子們面對許多新問題感到困惑。而文學名著向小讀者展現豐富的世界，通過書中具體的形象、曲折的情節，學會觀察人、人與人的關係，和錯綜複雜的社會矛盾。可以說，文學名著是人生的教科書，它像顯微鏡一樣，照出人的內心世界和感覺。通過書中人物的命運，了解社會，體會人生，不知不覺地得到啟迪心靈的鑰匙。而名著中文學的美，語言的美，更是滋潤心田的清泉。

然而，對於年紀尚小的讀者來說，這些作品原著的篇幅有些長，這套縮寫本既保留了原著的精髓，又符合小讀者的能力和程度，是給孩子開啟文學大門的最佳選擇。

著名兒童文學作家
冰心獎評委會副主席　**葛翠琳**

故事導讀

人類發展的歷史，就是一部不斷更替幻想的歷史。在幻想的驅動下，用假想的邏輯，塑造超現實的神奇人物，描繪虛幻迷離的故事情節，從而創造出一個奇妙的神話境界，以幻想的形式曲折地反映現實的或歷史的生活，寄託作者的某種審美理想的小說，就是神話小說，或叫神魔小說。

神魔小說**《封神榜》**，即**《封神演義》**，全書共100回。明朝許仲琳著，也有人說是明代道士陸星雲作。這是一部奇特的神魔小說。它以周武王伐紂為線索，博採民間傳說，加上作者的虛構鋪寫而成。前30回寫紂王荒淫暴虐，周文王訪賢伐紂；後70回寫商周戰爭，紂王自焚，武王分封列國和姜子牙封神。全書表達了一種反對「暴政」，主張「仁政」的思想，認為正義必定會戰勝邪惡。這樣，《封神榜》就有了一定的認識社會、認識歷史的教育意義。

《封神榜》誕生至今，幾百年來，能夠廣泛流傳，還有一個重要原因，那就是在書中塑造了許多有個性特徵的人物，以及極奇特的想像，能夠激起讀者強烈的閱讀興趣。

人，應該棄惡揚善，應該不怕困難，在人生的路途上奮勇向前。

目錄

一、選美女妲己進宮

知識泉

商朝：商朝（公元前1752—公元前1111）由湯建立，國家範圍約在現今河南、河北、山東、山西、陝西及安徽一帶。共傳17世，28位君主。

女媧：中國神話中的女神。人頭蛇身，一日有70種變化。傳説女媧造人，又發明樂器，建立婚姻制度。流傳最廣的傳説，則是煉石補天。傳説水神和火神打架，天崩地裂，女媧選五色石補天的裂縫。

軒轅：黃帝的號。黃帝是我國最初的古帝王，姓公孫，又姓姬，稱軒轅氏。是三皇五帝的其中一位。黃帝打敗蚩尤成為皇帝。創造房屋、衣服、弓箭、舟車、曆數和指南車等。

中國古代商朝，傳到了17代，那皇帝叫做紂王。他身材魁梧，力大無比，也很聰明，但追求享樂，並且十分好色。有一天，他帶領文武百官到女媧娘娘廟參拜，看見女媧娘娘的雕像非常美麗，栩栩如生，便十分輕薄地題了一首詩在牆上，説恨不得把女媧娘娘帶回宮裏，陪伴左右。

女媧娘娘回來看見了歪詩，十分震怒，決意要懲戒紂王，便立刻召見了軒轅墳上的三妖——千年狐狸精、九尾雉雞精和玉石琵琶精，要她們化

成美女，潛入宮內，迷惑紂王，但不許殘害眾生。事成之後，讓她們都成為仙人。

紂王宮裏已有不少妃嬪，但紂王仍不滿足。趁着老忠臣聞太師出征不在京城，他下令民間大選美女入宮，大臣反對他也不聽。

他的寵臣費仲和尤渾卻奉承他，奏道：「臣等聞冀州侯蘇護的女兒妲己可算是天下第一美女，選她入宮中，保證陛下心滿意足。且選一人而不興師動眾，還可顯出陛下的美德。」

蘇護對女兒選中入宮非常反感，堅決不服從。紂王大怒，下令出兵討伐。蘇護在大兵壓境的情況下，逼於無奈，只好將聰慧活潑的女兒送往商朝的京城朝歌。

不料，在路上的旅店裏，那千年狐狸精暗中害死了妲己，自己變成妲己的樣子。蘇護和隨行護送的軍卒侍女，誰也不知道，這時的妲己已經不是原來的妲己了。

紂王日夜盼望的妲己終於來到了朝歌。他見妲己杏臉桃腮，比仙女還美，禁不住眼跳耳熱，神魂顛倒，什麼都忘記了。

從此，紂王迷上了妲己，整天和她在壽仙宮裏宴樂，再也不理朝政。當時，天下向商稱臣的，有東伯侯姜桓楚、南伯侯鄂崇禹、西伯侯姬昌、北伯侯崇侯虎四大諸侯和八百個小諸侯。他們給紂王的有關國家大事的奏章都積壓在文書房裏，紂王根本不看。

兩個多月，紂王不臨朝，不處理朝政，急壞了眾諸侯和文武大臣。

丞相[①]商容與上大夫梅伯商議後，決定闖進宮去向紂王進諫。他們進到宮中，只見紂王正與妲己飲酒作樂。

梅伯跪下稟奏說：「陛下，現在北海七十二路諸侯反叛，天下大亂，聞太師率兵征討，勝敗不知。而朝內政綱混亂，陛下貪戀美色，如此下去，商朝就要亡在你的手裏了。」

紂王聽罷，勃然大怒，說：「商容是三代老臣，

---

① **丞相**：古代輔助君王的人員中最高級的大臣。

進入內殿，還可寬恕；梅伯違犯法制，闖進後宮，又辱罵國君，罪不容赦。來人，將他拿下棍棒打死！」

梅伯見紂王如此兇殘昏庸，就大罵道：「昏君，我死不足惜，可惜成湯幾百年天下，葬於你手。看你死後，有什麼臉去見祖宗！」

知識泉

成湯：商朝的開國君主，又稱為商湯。

二、聽饞言紂王施虐

紂王命人拿下梅伯，妲己上前說：「梅伯辱罵陛下，大逆不道，這樣處死，太便宜他了。」紂王問：「美人有何主張？」妲己說：「請陛下按我說的製造一種炮烙之刑：用銅鑄成高二丈、圓八尺的銅柱，分上、中、下三個火門，裏邊用炭火燒紅。今後凡有辱罵君王、不守法度、隨便諫諍的人，就剝光他的衣服，用鐵索綁在柱子上。不大功夫，就叫他變成灰燼。」

半個月後，炮烙刑具造好。次日，紂王上

朝，大殿上擺好炮烙刑具。文武大臣十分納悶，不知那是何物。紂王臨朝，傳旨：「把梅伯押上大殿！」

武士們將梅伯帶上大殿，剝去他的衣服，然後將他綁在燒紅了的銅柱上，霎時，梅伯皮焦肉爛，大叫一聲，昏死過去。

紂王看到梅伯慘死，眾文武大臣個個懼怕，心中暗暗高興，說：「再有像梅伯這樣狂妄辱君的，也一樣懲處！」罷朝以後，紂王摟着妲己說：「美人兒，你的炮烙刑具真是治國奇寶！今日朕要為你擺宴賀功。」

妲己得到紂王的寵愛，並不滿足。為了爭奪王后的寶位，她與費仲密謀，誣蔑中宮王后姜氏謀反，刺殺紂王，幫她父親東伯侯姜桓楚篡奪商的江山。

紂王信以為真，剜去了姜后的一隻眼睛，炮烙了她的雙手，把姜后害死，改封妲己為中宮王后。

為了斬草除根，在妲己的慫恿下，紂王更把自己和姜后生的親生兒子殷郊、殷洪賜死。哪知道在行刑的時候，兩個兒子給一場大風颳了去。老丞相商容為了救兩位殿下，一頭撞死在大殿上。

三、殺諸侯姬昌免死

紂王聽信妲己讒言，殺死姜王后以後，擔心東伯侯姜桓楚知道女兒被害，興兵造反。於是，他決定將四路大**諸侯**騙進朝歌，然後找個理由將他們殺了。那八百小諸侯失去了首領，自然也就反不起來了。

知識泉

諸侯：古代封建時代，皇帝分封的各國君王。

四道詔書火速發出。

幾天以後，西伯侯姬昌收到了命他進京的詔書。姬昌是一個有德行，深受人民愛戴的領導，送走使臣，他立即召集文武羣臣和長子伯邑考來到大殿，說：「紂王命我速去京城朝歌，商議國事。我去之後，由伯邑考主持國政。內政請上大夫散宜生多協助；領兵打仗，由大將軍南宮適負責。」

姬昌知道紂王殘暴無道，此去吉凶難料，所以將國事一一作了安排。臨上路時，再次叮囑長子伯邑考：「為父可能有七年災難，災滿後，自然歸來，千萬千萬不要派人來看望我。」

西伯侯姬昌離了都城，過了岐山，一連走了幾天，這日來到一座高山腳下。走着走着，忽然下起瓢潑大雨。姬昌一行人趕忙躲進樹林避雨。

知識泉

岐山：在陝西省岐山縣東北部，山像柱狀，亦稱為天柱山。

「呱哇——呱哇——」附近傳來一陣孩子的啼哭聲。姬昌吩咐下人：「快去查看一下。」不一會兒，那下人抱來一個包裹着的嬰兒，說：「在一座古墓旁，拾到了這個小孩。」

姬昌接過一看，只見那嬰兒眉清目秀，十分喜歡，說：「我收他做兒子吧。我原有九十九個孩子，加上他，就湊足一百個了。」

說話間，雨過天晴，他們走出森林又上路了。同時，準備在路上找一人家，先將那嬰兒寄養在那裏，待日後歸來帶孩子回家。正走着，忽見前面過來一個道士。那道士相貌奇特，氣度不凡，向姬昌行禮說：「侯爺，貧道有禮了！」

姬昌慌忙下馬答禮，問：「請問道友有何事相

告？」那道士說：「貧道是終南山玉柱洞的雲中子。侯爺剛剛拾到的嬰兒，將來是一員虎將。我想收他為徒，帶到終南山去。等長大成人，學好武藝，再將他送還侯爺。侯爺是否願意？」

姬昌點頭說：「很好很好。請道長為孩兒起個名字。」

雲中子略略思考了一下，說：「剛剛打過雷，就叫孩兒雷震吧。」說罷，接過孩子，雲中子回終南山去了。

知識泉

終南山：終南山又稱為南山、中南山，那就是秦嶺。橫貫於陝西省南部，是我國南方和北方的天然分界線，主峯在長安縣南部。

孟津：古黃河的津渡（過河的地方）名，位於河南省孟縣。又稱為盟津。姬發討伐紂王，就在這裏與諸侯結盟。

姬昌繼續往前趕路。進五關，渡黃河，過孟津，一路不辭辛苦，終於來到了朝歌。等他們住進賓館時，才知東伯侯姜桓楚、南伯侯鄂崇禹、北伯侯崇侯虎都已到了。

四路諸侯相會，當晚就在賓館擺設酒宴，暢談一番。

次日，四位諸侯來到王宮，朝見紂王。紂王早已拿好主意，要殺他們，所以在他們朝拜之後，開口就問：「姜桓楚，你知罪嗎？」姜桓楚一愣，答：「桓楚鎮守東魯，奉公守法，盡了臣子義務，我能有什麼罪呢？」紂王大聲斥責道：「老賊，你與你女兒串通一起，謀殺於我，還敢狡辯？」

姜桓楚大吃一驚，喊：「天大的冤枉！」紂王說：「實話告訴你，你女兒已被我剜去眼睛，炮烙雙手而死，你還想活着回去嗎？」不等東伯侯申辯，紂王命令大殿武士：「把姜桓楚推出午門，用亂刀剁死！」

另外三位諸侯知道姜桓楚冤枉，就一齊跪下為他求情。紂王一拍桌子，說：「哼，你們結伙反叛朝廷！來人呀，把這三人也推出去斬首！」

武士們一擁而上，將三位諸侯捆綁了起來。費仲、尤渾與崇侯虎關係不錯，便想救他，於是二人向紂王奏道：「四路諸侯有罪，陛下處罰理所應當。但罪分輕重。崇侯虎對陛下一貫忠誠，為陛下監造了摘星樓、壽仙宮，將功折罪，你就饒他這一次吧！」

紂王對費仲、尤渾言聽計從，說：「好吧，那就放了他吧。」

在四大諸侯中，西伯侯姬昌以仁義治國，待人忠厚，是有了名的。所以，以武成王黃飛虎、亞相比干為首的眾大臣，紛紛跪下，請求寬赦姬昌。

紂王想了想，說：「姜桓楚、鄂崇禹罪大不赦！姑念姬昌平日忠順，可以不殺，但為了防止他回西岐反叛，先把他拘押在羑里城。」

姬昌被拘押在羑里，閒居無事，反覆推演伏羲**八卦**，把它發展成六十四卦，寫成了**易經**，一直傳到後世。

由於紂王昏庸，亂殺無辜，天下大亂。各路諸侯紛紛起兵造反，商朝的天下已經搖搖欲墜了。

知識泉

八卦：八卦由陽爻（音肴，以「-」表示）和陰爻（以「--」表示）組成，每卦共有三爻。

一、乾，代表天。
二、兌，代表澤。
三、離，代表火。
四、震，代表雷。
五、巽，代表風。
六、坎，代表水。
七、艮，代表山。
八、坤，代表地。

八卦互相組合，又可發展為六十四卦，每卦代表不同的意義。

易經：叫周易。周文王著，共12篇。根據八卦變化，記載天地間各種事物變動的法則，推論一切，古人常把它作占卜未來之用。

四、領師命姜子牙下山

知識泉

崑崙山：西起帕米爾高原東部，橫貫新疆、西藏，東延入青海境內，長約二千五百公里。是古老的褶皺山。

元始天尊：道教最尊敬的天神。因為祂先於太元（天地初形成的時間）之前，所以稱為元始。

崑崙山玉虛宮裏住着一位闡教教主元始天尊。元始天尊端坐在八寶雲光寶座上，對白鶴童子說：「去請你師叔姜尚前來，我有事共商。」

白鶴童子答應道：「遵命。」說罷，來到洞後桃園，見師叔姜尚正在攻讀兵書，說：「師叔，教主有請。」

姜尚字子牙，已經七十多歲，鶴髮童顏。聽說師父叫他，連忙收起兵書，來到元始天尊寶座前，行禮說：「不知師父有何吩咐？」

天尊問：「你來崑崙幾年了？」子牙答：「弟子三十二歲上山，現已七十二歲了。」天尊點點頭，說：「目前，紂王暴虐，天下大亂，商朝將要滅亡，

周朝即將興起。你與我代勞，下山扶助明主，身為將相，也不枉你上山修行四十年之功。成功之後，將商周交戰中死去的將領封神。事關重大，你收拾行裝下山去吧。」

姜子牙下山後，借住在一位朋友家。閒暇無事，他就在朝歌城南門附近開了一間算命館。門前貼了一副**對聯**[1]，上聯是「袖裏乾坤大」，下聯是「壺中日月長」。開張數日，沒有生意。

知識泉

朝歌：紂王的都城，在今河南省淇縣東北部。

忽一日來了個名叫劉大的賣柴人，身高一丈五，瞪着兩眼，說：「瞧你這對聯，口氣很大。你給我算一卦，若準，給你二十文錢；若不準，就讓你吃我幾拳，然後滾出這裏！」

姜子牙哈哈一笑，提筆為劉大寫了張卦帖兒。帖兒上有四句話：「一直往南走，柳下一老叟，給錢一百二十文，四個點心兩碗酒。」劉大取過卦帖兒一看，說：「你這卦不準。我這些年賣柴，從沒有人給

① **對聯**：字數、結構、內容對稱；聲音平仄相反的兩個句子，用毛筆寫成貼在牆壁上的，稱為對聯。

我點心和酒吃。」子牙説：「你去吧！要不準，你砸我卦攤兒。」劉大半信半疑，挑起柴，向南走去。走了一里多，果然見一棵柳樹下站着一個老頭兒，喊他：「賣柴的，過來！」劉大心想：「這卦好準！」老頭兒問：「這擔柴賣多少錢？」劉大説：「賣一百文錢。」他故意少要二十文錢，好讓姜子牙的卦不準。老頭兒説：「好，一百就一百吧，請你將柴替我送進院子裏。」

劉大將柴送進院子裏，見院門口落下一些柴葉，就拿起掃帚掃乾淨了。一會兒，老頭兒取出錢來，見院門口掃得乾乾淨淨，十分高興，説：「今天我兒子娶親，又遇到了你這樣的熱心人，大喜，大喜。」他數了一百二十文錢遞給劉大，説：「這一百文錢是柴錢，另二十文錢你拿去打酒喝吧。」説罷，又讓家人拿出一盤點心，一壺酒，一隻碗。劉大一看點心，正好四個；喝下一碗酒後，再拿壺往碗裏倒，不多不少，正好一碗。

劉大又驚又喜，心想：「真是靈驗了，一些兒不差，朝歌城可出神仙了！」他急急忙忙返回到子牙

的算命館前。那裏圍着許多人，等着看熱鬧。劉大將一百二十文錢往子牙桌子上一放，大聲説：「姜先生真是活神仙，説得一點兒不差。佩服佩服！這錢都給你，也不算多。」

姜子牙算卦，鐵口神仙，轟動了朝歌。算卦館門口人山人海，絡繹不絕。忽然有一天，來了一位美貌女子，坐在子牙面前，説：「聽説先生神卦，請給我算算。」

姜子牙一看，大吃一驚，認出此美女原是妖精所變。原來在朝歌南門外軒轅墳中，有個玉石琵琶精。她是害死真妲己的千年狐狸精的老朋友。她經常到王宮去看望妲己，夜間便偷吃宮女。今天，她與妲己敍談後，駕起妖光回巢，路過南門，聽見人聲嘈雜，便降下妖光想看個究竟。一看是人算命，便想試試。

姜子牙對妖精説：「請伸出右手，先看手相，然後算命。」妖精伸出右手，子牙一把握住她的手腕，按住脈門，使妖精不能變化逃脱。琵琶精知道子牙已識破她的真相，連忙掙扎。

圍觀者不明真相，都説：「算命先生這麼大年紀，怎能這樣無禮！」子牙說：「眾位不知，她是妖精！」眾人斥責子牙說：「一口胡話！明明是美女，哪兒有妖精！」姜子牙心想：「我若放手，妖精一逃，我更說不清了。乾脆將妖精打死，除去一害。」想着，就伸手抓起硯台，照

知識泉

硯台：磨墨的用具，是文房四寶（筆、墨、紙、硯）之一。硯以廣東高要的端硯最著名。

妖女頭上打去。妖女昏死過去了，但姜子牙仍然抓住妖女手腕，防止她變化逃去。

圍觀的人見姜子牙打死了人，齊喊起來：「算命的打死人啦！」恰巧，這時亞相比干騎馬路過這裏，聽喊打死人了，就讓隨從官員問個究竟。了解了情況後，比干禁不住大怒，吩咐武士：「將算命的姜子牙拿下！」姜子牙被捉拿起來，可他手裏還緊緊拖着那個女子。

比干怒道：「姜子牙，你滿頭白髮，怎麼還調戲婦女？快快鬆手！」姜子牙連忙解釋說：「我讀書識禮，怎敢無禮？此女實為妖精，我一鬆手，她會溜掉，她還沒有真死。」

比干一時辨不清誰是誰非，要把姜子牙帶去見紂王，請紂王處理。

五、捉妖女玉石琵琶喪命

比干帶着姜尚來到午門，讓姜尚等着，自己進宮去見紂王。紂王正在摘星樓與妲己玩樂，聽完了比干的稟報，回頭問妲己：「美人兒，你看怎麼辦？」

妲己說：「可讓那算命的把女子拖到摘星樓下，陛下和妾驗看，便可知是人是妖。」

武士押着姜子牙，姜子牙拖着妖精，來到摘星樓下。妲己從樓上往下一看，知是琵琶精遇害，暗暗叫苦：「妹妹，你這是何苦來，回洞就回洞去吧，路上還算什麼命！好狠毒的姜子牙，我一定要報此仇！」想罷，轉頭對紂王說：「陛下，那女子明明是人，被算命的害死，請陛下嚴懲。」

紂王一聽，點點頭，喝斥姜子牙：「大膽術士，你敢殺人，還說騙世人，該殺該殺！」

姜尚連忙辯解說：「她是妖精，陛下不信，可用柴燒她。是人，能燒化；是妖，就燒不化。」

紂王聽後說：「那好，燒！」

姜子牙畫了張符，鎮住妖精，然後將她拖到柴堆上燒。燒了一個時辰，果然沒有燒壞她一點點兒。紂王說：「看來她確是妖精，但不知是何物所變？」

姜子牙唸了咒語，從眼鼻口噴出三昧真火。那妖精道：「姜子牙，你我無仇，為何如此逼我？」姜子牙也不理她，只是雙拳一放，嘎啦啦一聲雷響，火滅煙消，一道亮光，那女子現了原形。原來是一面玉石**琵琶**。

紂王吃了一驚，也很讚揚姜子牙的法術，說：「既能除妖，就封你為下大夫，任司天監，在朝廷作官吧。」

知識泉

琵琶：中國的撥弦樂器。琵琶起源於古代波斯。

妲己心中說：「好，留在朝中，好找機會為我妹妹報仇！」

六、建鹿台姜尚跳河

妲己為了給琵琶精報仇，她特意畫了一幅亭台圖畫，趁紂王高興時，獻上去，說：「陛下，我畫的這高台，名叫鹿台，台上是瓊樓玉宇，欄杆用瑪瑙砌成，樑上都裝飾上明珠。只有它才和陛下的地位相稱。建成以後，我陪陛下在鹿台上作樂，連仙女都會降臨呢！」

紂王聽了連連點頭，說：「好，說造就造，只是此工程浩大，讓誰監造呢？」

> **知識泉**
>
> 瑪瑙：又稱文石。產生於火山岩中的間隙裏，有白、黃、紅、綠、藍等色，可用於製造飾物。

妲己說：「我看那姜子牙最合適。」

紂王召見姜子牙，命他監造鹿台。姜子牙無奈，只好答應。紂王問：「你監造鹿台，要多長時間完工？」姜子牙答：「此樓台高四丈九尺，上邊要築瓊樓玉宇，畫棟雕樑，沒有三十五年，難以建成。」

紂王皺眉，對妲己說：「三十五年後，我們都老了，還有什麼意思！」妲己乘機說：「那姜子牙是不願修造鹿台，有意欺騙陛下，罪該炮烙！」

紂王一聽，說：「不錯。來人，將姜尚炮烙！」話音一落，奉御官就一哄而上捆綁姜尚。姜子牙轉頭就往樓下跑去，跑過九間殿，來到九龍橋，見後邊武士們緊追不放，就回頭大喊：「不用追了，我不過一死罷了！」説罷，跨過欄杆，縱身一跳，落入了九龍河。

奉御官和武士們見姜子牙投河自盡了，無可奈何地回去稟報紂王，紂王說：「哼，便宜了這老匹夫！」其實，子牙早有了思想準備的。他還留下了一封簡帖給亞相比干，叫他緊急時拆看。

七、紫陽洞楊任拜師

上大夫楊任聽説紂王要建鹿台，逼得姜子牙跳河，非常氣憤。他來到摘星樓，稟奏道：「陛下，鹿台千萬建不得。現在四百諸侯造反，聞太師遠征北海，十年沒有取勝。你如果只顧一人行樂，迷於酒色，那國家將亡，恐怕陛下的性命都難保啊！」

紂王聽了，氣得罵道：「無知書生，竟敢指責我！拉出去，剜了他的眼睛！」

奉御官將楊任拉下去，剜去了他的雙眼。楊任秉正，一股怨氣直沖上天，驚動了青峯山紫陽洞的清虛道德真君。真君命黃巾力士説：「無辜被害，快去救楊任！」霎時，颳起一陣神風，飛沙走石，吹得人睜不開眼。風沙中黃巾力士將楊任背上了青峯山。

風沙止住，奉御官一看沒了楊任，連忙稟報紂王：「楊任被狂風捲走了。」紂王説：「沒就沒了吧。傳旨，讓崇侯虎督造鹿台。」

楊任來到紫陽洞，道德真君命白雲童子從寶葫蘆中取出兩粒仙丹，放在楊任的眼眶裏。然後猛地吹了一口仙氣，大叫一聲：「楊任！」話音未落，只見楊任的眼眶裏長出兩隻手來，手心裏生着兩隻眼睛——此眼上觀天庭，下看地底，中識人間萬事。

楊任蘇醒過來，見自己長出奇怪的雙眼，驚奇地問：「請問仙人，我這是在何處？」道德真君說：「這裏是紫陽洞，我是道德真君。只因你為了百姓，勸阻紂王修築鹿台，被挖去雙眼，我特救你上山。」

楊任急忙跪下說：「感謝真君救我。請真君收我為徒，隨師父修煉。」

道德真君答應了楊任的要求。從此，楊任就在青峯山住了下來。

在朝歌裏，紂王一意孤行，命人挖了一個蛇蠆盤，把無數的毒蛇放在裏面，凡是不稱他意的人，都推下這蛇蠆盤裏，讓毒蛇咬死。

而他自己，卻窮奢極侈，築了一個大池，池裏放着美酒，香聞數里，名叫酒池。還在樹林掛滿了肉，名為肉林。紂王和他的佞臣們，天天在那裏吃不盡，喝不完，那都是搜刮來的民脂民膏啊！

八、伯邑考孝心救父王

西伯侯姬昌被紂王囚禁在羑里，已經七年了。他的長子伯邑考在西岐管理朝政，仁義清廉，國泰民安。但他沒有一天不惦念遠在朝歌羑里的父王。

一天，他與大臣們商議說：「父王被囚，我在此心中不安。我想親自到朝歌去，代父親吃苦，為父王贖罪。」上大夫散宜生說：「東伯侯走時曾說，不要派人去看望他。你前去朝歌，只怕紂王會加害於你。」伯邑考想了想，說：「我思父心切，決心已下。我走後，國政由弟弟姬發管理。」

日夜兼程，伯邑考帶着貢品來到了朝歌。他先去拜會了亞相比干，比干很同情他，領他到摘星樓，拜見紂王。紂王問：「伯邑考為父贖罪，帶的什麼貢品？」伯邑考請比干將貢品禮單呈上，紂王細細看了，說：「這上面寫的七香車、醒酒氈、美女十名，我都收下了。只是這白面猿猴有何用處，也給我送來？」

伯邑考跪着奏道：「啟稟陛下，這白面猿猴雖是獸類，卻通人意。他能唱三千小曲，八百大曲，隨着曲子還會跳舞。」

妲己聽了，非常高興，說：「陛下，聽說伯邑考會彈琴，那就讓伯邑考彈琴，白猿唱歌，那些宮女跳舞吧。」紂王說：「美人所說，很好，很好。準備開始吧。」

不一會兒，都準備好了。那隻白猿也被牽到摘星樓。不料，那白猿是隻得道的猿猴，一眼識出妲己是隻狐狸精，就猛地將身子一躥，伸出雙臂去抓妲己。妲己一驚，慌忙躲到紂王身後。紂王大怒，急忙抽出寶劍，向白猿猛刺過去。白猿慘叫一聲，倒地死了。

嚇得渾身發抖的妲己，回到座位上，嗚嗚地哭着對紂王說：「陛下，這伯邑考獻此白猿，分明是要害我，望陛下作主。」紂王氣得哇哇大叫：「把伯邑考推下去，亂刀剁死！」

武士們將伯邑考推了下去，不久，回來稟報：

知識泉

猿猴：猿屬哺乳綱靈長目動物，似人，能立能坐，四肢都像手，前肢較長。猿猴善於模仿，與猴同類。

「已經把伯邑考剁成肉醬。」紂王說：「把肉醬餵蛇去吧！」妲己說：「依我看，不如送到廚房，讓廚子做成肉餅，給伯邑考他父親姬昌送去，讓他嘗嘗自己兒子是什麼味道。」紂王聽了，哈哈笑了起來，說：「好主意，好主意。」

廚子按紂王和妲己的旨意，將肉醬做成肉餅，派使臣送到羑里。使臣傳旨：「姬昌聽旨。紂王打獵，打到野鹿，做成了肉餅，特賞給你吃。」

姬昌明白，這是自己兒子伯邑考的肉。因為他有預感，取金錢占了一課，算出來伯邑考已命喪黃泉。他流着淚說：「伯邑考我兒不聽我的忠告，遭此碎身之禍。」現在，面對使臣，他既不能流淚，也不能不吃。於是強裝笑容，高高興興地吃了幾塊，說：「請使臣代我向紂王謝恩。」使臣返回宮中，將姬昌如何吃餅，報告了紂王。紂王對妲己說：「人們都說姬昌是聖人，能知過去未來之事。可現在，他連自己兒子的肉都吃了，哪裏是什麼聖人！」從此，他對姬昌也就不太在意了。

伯邑考被殺以後，他的隨從急忙回到西岐報信。

西岐文武大臣與老百姓聽了伯邑考被害，沒有不痛哭流涕的。大將南宮適要派兵去伐紂報仇，被上大夫散宜生攔住，説：「老大王還押在羑里，如果興兵，紂王一怒，老大王的命就保不住了。依我看，紂王最聽費仲、尤渾兩個奸臣的話，不如送些珠寶黃金彩緞去賄賂他們，讓他在紂王面前為老大王説些好話，説不定老大王就會被放回來了。」

公子姬發按散宜生的話做了。果然費仲、尤渾對紂王説：「姬昌在羑里囚禁七年，始終忠於大王，毫無怨言。把他放回西岐，他會幫大王討伐叛亂諸侯。」紂王點頭説：「依你們的主意辦。放姬昌回西岐，看在他忠心耿耿，加封他為王。還讓他到處遊行。」

但是，紂王始終對姬昌放心不下，因為他以仁義聞名，受人愛戴，怕他以後會造反。於是遣兵派將，趁着他遊行各地的時候，跟着追拿他，姬昌好不容易才逃過了幾關，到了第五關臨潼關時，他差點給紂王派來的殷、雷二將軍捉住，正在此時，突然來了一個人。

九、雷震子脅生雙翼

話説，雷震子就是當年文王姬昌東去朝歌路上，拾到的那個孩子。姬昌認他為兒子，讓終南山雲中子抱去收養。幾年過去，已漸漸長大。前一天，雲中子對他説：「徒弟，你到洞外虎兒崖下的杏樹上找找看，若有兩個紅杏，你就摘下吃掉。然後再來見我。」

「是。我立即前去。」雷震子道應一聲，跑出仙洞，來到虎兒崖。這裏綠樹叢叢，溪水流淌，風景美極了。溪水邊上果然有棵杏樹，樹上掛着兩顆火紅火紅的杏兒。隨着輕風，傳來陣陣香氣。

知識泉

杏樹：杏屬薔薇科落葉喬木，葉呈橢圓形；花五瓣，色白帶紅。果實圓形，熟時變黃，味淡甘而帶有酸味；種子就是杏仁，有香味，可食用或製藥。

雷震子走過去，爬上樹，把杏兒摘下，一股誘人的果香直撲鼻子，忍不住，在樹上就把那兩顆杏兒吃了。

他拍手叫道：「好美的味道！」説罷，從樹上跳了下來，兩腳還沒站穩，忽然左**脅**[1]下喀砰一聲響，長出一個翅膀來。他大吃一驚，叫道：「不好了！」

[1]**脅**：腋下肋骨所在的部分。

忙用雙手去拔，正拔着，忽聽右脅下又是喀砰一聲響，右脅下也長出一個翅膀來。他正在着急，卻發現自己全身都發生了變化：頭髮變成了紅色，臉也變青，鼻梁高聳，兩顆門牙嗞出唇外，身子足有兩丈多高。

雷震子嚇壞了，撲通一聲坐在地上。

一會兒，金霞童子來了，說：「師兄，若不是師父事先告訴我，我以為你是個妖怪呢，怎敢認你。師父讓我來叫你前去。」

知識泉

桃：桃屬於薔薇科，落葉亞喬木，高三公尺。葉呈披針形，有鋸齒。春日開花，呈紅和白色。果實是核果，外披細毛，味道酸甜可口。

雷震子進入洞中，雲中子見了，拍手哈哈大笑說：「變得好！變得好！來來，隨我來！」

雲中子將雷震子領到桃園，取出一根金棍給他，又向他傳授了棍法。那金棍舞動起來，上下前後翻騰，發出呼呼風聲，閃着道道金光。

練完棍法，師父又在雷震子的左翅上寫了個「風」字；在右翅上寫了個「雷」字。寫罷，雲中子口中唸了咒語，大叫一聲：「起！」這時，雷震子振動雙翅，飛上空中。隨着雙翅搧動，不斷發出風雷之聲。

雷震子在空中飛了幾圈，落了下來。

雲中子便對他說：「現在你的父親在臨潼關有難，你快快去救他，但不要傷害任何人，而且事成之後，立即回來。」

雷震子一聽父親有難，便連忙展翅飛到臨潼關。他拜見了父親。姬昌起先嚇了一跳，後來知是兒子，

就叮囑他千萬不能因為救自己而傷害任何人。雷震子使到陣前和殷、雷二位大將相見，勸他們不要聽信暴君紂王的命令，然後，他指着前面的山頭，叫殷、雷二人看看，他立即展翅上前，舉起手上的棍子，把那山頭打個平了。他便問：「兩位將軍，你們的頭可比這山頭堅實麼？」殷、雷二人嚇得魂不附體，只好退兵，讓姬昌出關，雷震子把父親背上，送到西岐邊界，就揮淚而別。

西岐臣民看見姬昌回來，歡欣鼓舞。姬昌十分感動。他的次子姬發，也率領各兄弟——九十八人來陪伴他。姬昌一看，猛然想起那被紂王剁肉的長子伯邑考，自己也被逼親啖兒子的肉，一陣心痛，淚如雨下，大叫一聲：「痛殺我也！」肚子忽然一聲響，吐出一塊肉羹，那肉羹在地上一滾，生出四足，長上兩耳，向西跑去。連吐三次，三隻兔兒都向西飛跑了。據說，這就是兔兒的由來。

姬昌從此和羣臣在一起，愛護百姓，人人稱頌。他就是日後的周文王。

十、姜太公釣魚遇文王

姜子牙跳進九龍河，追兵以為他跳河自盡了，其實姜子牙使用了法術，借水遁跑了。

他知道朝歌不能再住了，決定到西岐去。他對朋友說：「西岐王行仁義，得到百姓擁護。紂王行不義，早晚要被西岐滅掉。我必須到那裏去。」

於是，他上路了，經孟津，過黃河，越臨潼關，沿途看到無數逃難百姓。原來都是朝歌百姓，忍受不了紂王的壓逼，逃往西岐去的。一天，他來到了一處山清水秀的地方住了下來。這地方名叫磻溪。

知識泉

黃河：源自青海巴顏喀喇山北麓，流貫我國北部，是我國第二大河。全長4850公里，因河水中含有大量泥沙，使水色黃濁，因而稱為黃河，中、下游是我國文明的發源地。

姜子牙每天都坐在溪邊釣魚。一日，從山上走來一個名叫武吉的樵夫。兩個人閒聊起來。

忽然，武吉大笑起來，姜子牙問：「你笑什

麼？」

武吉把姜子牙的釣竿拿過來，說：「你哪像釣魚的？你瞧，你的魚鈎是直的，這不行。魚鈎須是彎的，鈎上掛釣餌，這才能引魚來吃，然後魚鈎釣住魚。你這直鈎，一年也釣不上一條魚來。」

姜子牙說：「你不知道我的心思。我坐在這裏釣魚，是等候時機，釣王侯呢！」武吉聽了，似懂非懂，只把此話當作笑談。

一天天過去了。武吉常來與姜子牙談話。日子久了，武吉知道姜子牙很有學問，於是就拜他為師，當了他的徒弟。

文王姬昌聽說姜子牙是個很有才學的人，目前，正隱居在渭水磻溪，就想請他出山，幫他治理國家。

姬昌兩顧磻溪，才見到了姜尚。姜尚見姬昌為他準備的華貴的車子、貴重的禮物，還有前來迎接他的文武百官，非常感動，知道文王姬昌謙恭愛才，是位英明君主，就

知識泉

渭水：**渭水源出甘肅省渭源縣西的鳥鼠山，東南流經陝西省，在高陵縣會合涇水，向東再會合洛水，注入黃河。**

答應下來。

姜子牙隨文王回朝，來到西岐城，被封為丞相，人稱姜太公。姜子牙雖年近八十歲，但精力旺盛，治國安民，操練軍隊，很有辦法。從此，西岐越來越強大了。

十一、鹿台上比干挖心

紂王這時已是眾叛親離，可是他毫無悔意，仍然整日花天酒地。

一天，崇侯虎來到摘星樓，稟報紂王：「鹿台完工了，請陛下前往觀看。」紂王十分高興，與妲己一起，乘七香車，來到鹿台。這鹿台金碧輝煌，華麗無比，仙境一般。

紂王拉着妲己的手，說：「美人兒，記得你講過，鹿台建成，仙子仙女都會到來，不知何時可以見到？」紂王一問，使她十分為難。她是一個妖狐，怎能請動神仙。無奈，只好求助於她的同伙了。

妲己悄悄通知她的好友九頭雉雞精和眾小狐狸精說：「後日十五月圓時分，你們都變成仙人仙女，到鹿台來享受天子的九龍筵席。」

到了十五日，一輪圓月升上天空，皎潔明亮，照在鹿台上別有一番景致。紂王早早來到鹿台，等待

仙人來臨，他還讓亞相比干來為眾仙陪酒。

大約一更天時分，一陣風聲，眾仙人仙女從天而降。紂王在帳內觀看，十分驚訝。

比干手捧金壺，為眾仙斟酒。忽然，他聞到一股股狐臊味兒，心中納悶。再仔細看，只見那些仙人仙女的長袍下都露着一條尾巴。他頓時又氣又惱，心說：「可惡可惡，哪是什麼仙人仙女，原來都是狐狸精！」

妲己怕那些狐狸精喝多了酒，現出原形，連忙傳令：「比干下台迴避，

眾仙可各自回府。」

比干下了鹿台，心中悶悶不樂。在返回家中的路上，遇到了武成王黃飛虎。他將所聞所見一一告知了黃飛虎。黃飛虎說：「豈有此理！我正在巡城。我立即派人把守城門，看那些妖精從何門出去，跟蹤他們，找到他們的洞穴。」

原來那些狐精個個喝得醉醺醺的，駕不起妖風，只好踉踉蹌蹌簇擁着走出朝歌城南門，找到軒轅墳旁的石洞，鑽了進去。

黃飛虎立即下令：「將軍周紀親率三百兵士，前去燒火挖洞。」一把大火，那些狐狸精都被燒死了。黃飛虎挑選了些好狐狸皮，對比干說：「亞相，用此皮做成皮衣，送給紂王，警告妲己，說不定能讓紂王醒悟。」

兩個月後，天氣冷了。比干將狐精皮衣獻給了紂王。這可激怒了妲己，她咬牙切齒說：「比干老賊，欺我太甚！我要挖你心肝，以雪此恨！」

知識泉

狐狸精：我國神話傳說中的精怪，又叫狐仙。相傳狐狸能修煉成精，化為人形，並且神通廣大。

妲己為了多一個幫手，暗地裏又通知前次未被燒死的九頭雉雞精：「子孫盡死，望能節哀。你速變美女，來見紂王。」

九頭雉雞精果然依約變為美貌仙姑，化名胡喜媚，乘着妖風，在半夜飄來鹿台。喜好美色的紂王見喜媚比妲己更妖艷，就將她留在身邊陪伴自己。

過了幾天，妲己在一次晚宴上忽然大叫一聲，昏倒在地，面色發紫，不省人事。紂王嚇壞了，問胡喜媚：「奇怪，這是什麼病呢？」

胡喜媚說：「姐姐舊病復發。」紂王急問：「如何救治？」胡喜媚想了想，說：「要用玲瓏心一片，煎湯吃下。」紂王問：「到何處尋找玲瓏心？」胡喜媚說：「我曾受神仙指教，能夠推算出來。」

胡喜媚算了好一會兒，說：「啟稟陛下，朝廷內外，只有陛下的叔叔、亞相比干是七竅玲瓏心。」

紂王一聽，有些為難，怎好挖取叔叔的心臟呢！可又一想，正因為是同族叔叔，難道借他一片心給娘娘治病，他還能捨不得？於是，他立即下令：「召見比干！」

比干為人很好，受人尊敬，所以使臣將紂王借心之事先告知了比干。比干又驚又恨。老伴含着淚說：「夫君可曾記得，姜子牙臨走時曾給你一簡帖，讓你遇到危急時，打開來看。」

比干點頭，連忙找出簡帖，打開一看，見有一張咒符，按帖上寫的，燒符化水，飲進肚裏。然後跟隨使臣，去見紂王。

紂王見比干來到，懇求說：「妲己重病，要你的玲瓏心才能救她，望叔叔答應。」

比干氣得大罵道：「無道昏君！你真是讓酒色弄糊塗了。心去一片，叔叔我還能活嗎？」

紂王也發怒了，喊道：「君叫臣死，臣不得不死！來人，取他的心來！」

比干說：「我死不瞑目！好吧，把劍給我。」比干從武士手中接過劍，解開衣服，用劍剖開胸膛，將心掏出扔在地上，然後掩上衣服，大步走下鹿台。那身上，那地上竟沒有一絲血跡。

在路上，比干遇到黃飛虎。黃飛虎問：「紂王說些什麼？」比干遵照姜子牙簡帖上的囑咐，誰問也勿答話。他徑直走出午門，騎上家將牽着的馬，向北門馳去。

比干騎在馬上，走了五六里地，見路旁一婦女在賣無心菜。

比干一驚，勒馬問道：「什麼是無心菜？」那賣菜女一指籃子說：「我賣的這菜就是。」比干又問：「人若沒心，怎樣？」

那婦女說：「人沒心就得死！」話音剛落，比干大叫一聲，跌下馬來。一腔鮮血，噴到地上。

賣菜女嚇壞了，慌忙跑了。原來，如果那婦人不說「人無心即死」，而講「人無心還活」，那麼，比干還有不死的可能。

十二、姜尚迎戰張總兵

妲己害死比干，心中還恨着黃飛虎。她與胡喜媚又商量了一次，定下一計。新春佳節，她邀騙黃飛虎的夫人賈氏，來到摘星樓。

同時，妲己又安排紂王也來到摘星樓，讓紂王調戲賈氏。賈氏知道受騙了，又羞又氣，從摘星樓跳下自殺了。

黃飛虎聽説妻子被紂王和妲己害死，無比憤恨，當即率領兄弟、兒子和部將離開朝歌，闖過五關，投奔姬昌和姜子牙，紂王立刻派遣侯崇虎領着大軍，要把黃飛虎追殺。

文王雖然深得民心，周的勢力又日漸強大，但他總是不肯反紂王。這時看見紂王越來越是倒行逆施，便深深擔心百姓受苦。這時看見黃飛虎蒙受大冤，便決定收容他；又命姜子牙掛帥，自己隨軍前往，三軍奮勇，殺了崇侯虎，救了黃飛虎，並留他在西岐，封為武成王。

不久，文王得病，日漸沉重，臨終的時候，召姜子牙到牀前託孤，叫他好好輔助姬發——即後來的武王，繼承他的位子，還叫武王尊稱姜子牙為「亞父」。

文王逝世後，武王與姜子牙商量，不能再讓紂王殘害人民，決定了弔民伐罪，討伐紂王。

紂王知道形勢不妙，急忙讓太師聞仲帶兵從北海回朝。聞太師是碧游宮金靈聖母的徒弟，能呼風喚雨，倒海移山。他的臉上除兩眼之外，在額頭上還有一隻眼睛，發怒時睜開，並射出一道白光。

聞太師下令給青龍關總兵張桂芳：「速速率領十萬大軍，征討西岐。」張桂芳接到命令，以風林為先行官，將軍隊開到西岐南門外，離城五里安營下寨。

姜子牙聽説聞仲派張桂芳前來征討，急忙召集眾將，商議破敵辦法。黃飛虎説：「丞相，這張桂芳有法術傷人，萬望小心！」姜子牙問：「什麼樣的法術？」黃飛處説：「他與人交戰時，一喊對方名字，對方立即落馬被擒。」

姜子牙叮囑眾部將：「出陣交戰，務望謹慎。」第二天，張桂芳排開大隊人馬，指名要姜子牙出陣。姜子牙身穿道服，騎着一匹青鬃馬，手提雌雄寶劍，帶領眾將，來到陣前。

張桂芳大聲喊道：「姜尚，你原為紂王臣子，現背叛朝廷，招納叛賊黃飛虎。我奉命征討，你快快下馬投降，不然，我要殺你個雞犬不留。」

姜子牙在馬上説：「紂王荒淫殘暴，你何必為他賣命。我勸你率兵退回，不然，我不饒你。」

張桂芳見姜子牙不肯投降，大聲説：「風林先行官，去把姜尚拿下！」

風林手使兩根狼牙棒，殺出陣來。姜子牙旗下大將南宮適提刀上馬，迎上前去。兩員大將，刀來棒往，殺在一起。張桂芳不等二將殺出勝負，就親自向黃飛虎衝去，喊道：「黃飛虎，哪裏逃！」

知識泉

狼牙棒：**一種在堅實的木棒上端周圍釘上鐵釘的兵器，形狀似狼牙。木棒頭型長圓，下端有柄。長一公尺左右。**

黃飛虎騎着五色神牛，迎了上去。黃飛虎身經百戰，槍法厲害，張桂芳難以取勝。殺了十五個回合，他忽然高聲叫道：「黃飛虎不下坐騎，等待何時！」

說來奇怪，黃飛虎被張桂芳一叫，身子竟不由自主，噗通一聲，從五色神牛身上摔下。幸虧黃飛虎的弟弟黃飛彪、黃飛豹眼快，急忙搶上前去，將黃飛虎救回。

黃飛虎手下大將周紀迎戰張桂芳，殺了兩個回合，張桂芳拖槍就走。他認得周紀，於是叫道：「周紀不下馬，等待何時！」周紀聽罷，一頭栽下馬來，被張桂芳手下士卒捉了過去。

那邊南宮適與風林殺了三十個回合，風林漸漸招架不住。他撥馬敗走，南宮適緊追不捨。就在南宮適接近風林時，風林嘴一張，吐出一道黑煙，煙中有兩顆碗大的紅珠，把南宮適打下馬來。

姜子牙見失去兩員大將，急忙收兵。他悶悶不樂，一時想不出戰勝張桂芳的良策。張桂芳妖術厲害，誰能前來破他？只有一人，那就是哪吒。

十三、陳塘關哪吒出世

紂王部下有一員大將，名字叫李靖。李靖率兵鎮守陳塘關，已有多年。他已有兩個兒子，老大名金吒，拜五龍山雲霄洞文殊廣法天尊為師；老二叫木吒，拜九宮山白鶴洞普賢真人為師。前不久，李靖夫人又有了身孕，不知會生個男孩還是千金？

這天，李靖正在書房讀書，只聽丫環來報：「老爺，不好了，夫人生下一個妖怪！」

李靖吃了一驚，慌忙手提寶劍，來到夫人殷氏房中，只見有個大肉球在地上滾動。李靖上前一劍，肉球一裂，從中跳出一個小娃娃來。那小娃娃右手套着一隻金手鐲，肚子上圍着一條紅光閃閃的**綾子**①。

李靖和殷氏看見這個白白胖胖的小娃娃，滿地亂跑，十分可愛，不禁都高興得笑起來。

---

① **綾子**：一種很薄的絲織品。

次日，眾官員聽説李靖總兵喜得貴子，紛紛前來祝賀。李總兵剛剛送走一批，忽又來了一個道士。李靖將這人讓進屋裏，問：「道長在何山修行？」

道人説：「我是乾元山金光洞太乙真人。聽説你生了個公子，特來祝賀。不知可否一見？」

李靖讓丫環將孩子抱了出來，太乙真人接過孩子，説：「我為他起個名字，並收他為徒，不知將軍同不同意？」

李靖想了想説：「同意，同意。」

太乙真人説：「那好，他的名字就叫哪吒吧。」

太乙真人説罷，不肯久留，告辭回山去了。時間過得很快，轉眼，哪吒長到了七歲。一天，哪吒來對母親殷氏説：「母親，孩兒讀完了書，出去玩一會兒。」殷夫人説：「讓家將陪你，早些回來。」哪吒答應道：「孩兒知道。」

哪吒在家將陪同下，出了陳塘關，走了一里多地，忽見樹林那邊有一條大河。

哪吒高興地喊：「天氣熱死人了！我到河裏洗個澡，涼快涼快！」

說罷，脫了衣服，縱身跳到水邊的一塊大石頭上。他不慌不忙將圍在身上的紅綾子解下來，放進河裏投洗，蘸水洗澡。

這可不得了啦！原來哪吒手上的鐲子，名叫乾坤圈，這條紅綾子名叫混天綾，都是極厲害的寶貝。哪吒洗澡，將混天綾在河中擺動，整個河水都擺動起來。這條九灣河直通東海，河水動盪，使得**東海龍王**的水晶宮搖晃起來。

東海龍王敖光正坐在水晶宮歇息，忽然宮殿晃動，他急忙命令**夜叉**：「快去查看，這還得了！」

夜叉急急忙忙巡查，一路來到了九灣河，見一個小孩子手拿紅綾蘸水洗澡，那綾將整條河水都映紅了。夜叉跳出河面，喝斥道：「大膽小孩兒，你手裏拿的什麼東西，攪得東海晃動？」

哪吒一抬頭，看到紅頭髮、藍臉皮、大口獠牙的夜叉，生氣地說：「我在洗澡，礙你何事！你是什麼

知識泉

東海龍王：海龍王，是我國傳說中的海神。傳說我國的四大海各有一個海龍王鎮守，分別是東海龍王、南海龍王、西海龍王、北海龍王，祂們分別居住在自己的水晶宮中。

夜叉：佛經說它是一種吃人的惡鬼。但也列為佛教的守護神之一。

畜生？還會說話？」

夜叉認為小孩兒好欺，衝上前來，舉着板斧向哪吒劈來。哪吒一閃身，把右手套的乾坤圈朝夜叉打去，那夜叉頓時被打得腦漿迸裂，倒地死去。

龍王正在納悶，一個龍兵跑來報告說：「不好了，巡海夜叉被一個小孩兒打死了！」

龍王大吃一驚，說：「巡海夜叉是上天玉皇大帝親自封的，誰敢打死？快集合龍兵，我要前去查看。」東海龍王的三太子敖丙上前說：「不必父親前去，由孩兒我去捉那孩子。」

敖丙騎上逼水獸，手提方天畫戟，帶領龍兵蟹將，直奔九灣河。

知識泉

畫戟：戟是古代的兵器。用青銅製，將戈和矛合成一體，既能直刺，又能橫擊。畫戟，是繪有彩畫的戟。

哪吒還在洗澡，忽然看到河水分開，波濤中跳出一個騎着怪獸的人。那人來到跟前，喝道：「是誰打死了巡海夜叉？」哪吒說：「是我。我在洗澡，他來罵我。又先動手，我才回手打死他的。」敖丙怒道：「大膽！吃我一戟！」說着敖丙持戟向哪吒刺來。哪吒問：「你是

何人？」敖丙說：「我是東海龍王的三太子敖丙，今日我不會放過你！」

哪吒躲過一戟，大聲道：「敖丙，我是陳塘關李靖的三少爺，讀書識禮，你不要逼我。不然，我連你那老龍王一起捉來，剝了你們的皮！」

敖丙氣得直叫，又是一戟刺來。哪吒急了，將七尺混天綾往空中一展，猶如萬條火蛇，將敖丙裹住，從逼水獸身上拉了下來。接着上前，一腳踩住那敖丙的脖子，提起乾坤圈，往頂一打，打出敖丙原形。哪吒見敖丙變成了一條小龍，伸手將龍筋抽了出來，說：「哈哈，正好做一條龍筋繩子，送我父親繫盔甲用。」

哪吒見天色已晚，穿好衣服，招呼家將返回家中。那些跟隨敖丙來的蝦兵蟹將見哪吒抽了敖丙的筋，嚇得屁滾尿流，逃回龍宮報告：「啟稟龍王，三公子被李靖的小兒子打死了。」

東海龍王敖光一聽，失聲痛哭：「好個李靖，你

知識泉

龍：龍是神話故事中的動物，體長像蛇，披有鱗片；角像鹿，有分枝；四肢像鷹，彎成鈎爪；鼻旁有兩條長長的肉鬚。能聚雲降雨，有靈性。龍，據說也是我國古代人類的圖騰。

我有一面之交，今日你竟讓兒子殺我龍子，我非報仇不可！」説罷，他搖身一變，變成一個秀才，悄悄潛入了陳塘關。

李靖這日操演兵陣完畢，回到家中，忽聽隨從傳告：「東海龍王敖光前來拜訪。」

李靖急忙前往迎接。李靖將龍王讓進屋裏，問：「龍王前來必定有事。」

敖光怒氣沖沖地説：「李靖，我與你無冤無仇，你的兒子哪吒在九灣河洗澡，用法術搖動水晶宮，打死夜叉，又殺我三太子。更令人可恨的，是還抽了我兒的筋。」

李靖不信，賠笑説：「這不可能，哪吒只有七歲，連大門都不出，怎能做出這些事？是不是你弄錯了？」

敖光更氣了，説：「李靖，豈有此理！明明你兒子打死我的三太子，你還護短！」

李靖説：「這事怪了。好好好，哪吒只在園裏玩耍，待我叫他來讓你看。」

家人叫來了哪吒。只見哪吒手中拿着一條龍筋編

的繩子，李靖問：「哪吒，今日都幹什麼了？」

哪吒眨眨眼睛，說：「孩兒今日因天熱，去九灣河洗澡。不想，來了一個夜叉，用斧劈我，被我打死了。後來又來了一個叫三太子的，用戟刺我，也被我打死了，還抽了他的筋。孩兒想將龍筋編成繩子，孝敬父親繫衣甲用。」

李靖聽罷，差一點兒暈倒。半晌才說出話來：「小冤家，你闖下了彌天大禍！看，這是東海龍王，前來找為父算賬來了！」

哪吒見龍王氣鼓鼓地站在那裏，說：「老龍王，這筋還給你吧。說真的，我沒有招誰惹誰，都是他們要殺我的。」

敖光一見兒子的筋，腳一跺，喊道：「李靖，你養的好兒子！我要與四海龍王一起，到天上玉皇大帝那兒告你，要你全家性命！」龍王說罷，一甩袖子，駕起狂風不見了。

龍王走後，李靖放聲大哭。哪

知識泉

玉皇大帝：玉皇大帝是道教的神祇。掌管宇宙，並管理一切神、佛、仙、聖、人間和地府。祂在天上有一個王國，有各種神靈擔任文武百官，就像人間的帝王一樣。

吒的母親聽到哭聲，急忙前來安慰。

李靖流着淚說：「都是你生的好兒子，闖下了滅門大禍。」哪吒見父母哭得傷心，連忙跪下說：「父親，母親，孩兒闖了禍，一人做事一人當，我決不連累你們。我這就去金光洞找師父去，看師父有沒有辦法。」

哪吒已經向太乙真人學了許多本事。這時，他抓了一把土，往空中一撒，借土遁來到了太乙真人面前。太乙真人問：「你不在陳塘關讀書，到此何事？」

哪吒將發生的事一五一十，向師父講了一遍。

太乙真人歎了口氣，說：「你趕快回去吧，那東海龍王叫來了他的幾個兄弟，一齊到陳塘關捉你父親去見玉皇大帝。」

哪吒哭了，跪在師父面前說：「我並無意害人，都是別人惹我。就這樣我還是闖了大禍，我不想為了我，連累父母，懇求師父想想辦法。」

太乙真人想了想，說：「唉，沒有別的辦法，只好你自己去償命了。過來，我告訴你辦法，牢牢記

住。」

「是。」哪吒連忙上前，太乙真人在他耳邊説了些話，哪吒聽明白了，拜謝了師父，又借土遁返回了陳塘關。

十四、乾元山蓮花化身

哪吒回到陳塘關，只見四海龍王個個手持兵器，命令龍兵龍將，捆綁父母。

他走上前去，大喝一聲：「住手！」

四海龍王一見哪吒到來，就放了李靖夫婦，說：「正好，你兒子到來，休讓他逃掉。」

哪吒往前一站，說：「一人做事一人當！我打死了夜叉、敖丙，由我償命，不要為難我的父母！」

四海龍王商議了一下，敖光說：「好吧。來人，將哪吒捆綁起來！」

哪吒說：「不用，我不會逃走。」說着，在父母面前雙膝跪下，說：「孩兒感謝父母養育之恩。只因孩兒闖下大禍，連累父母，只好將父母給我的血肉之身還給你們，望父母原諒孩兒。」

哪吒說罷，取過寶劍，先砍掉自己的左臂，又剖開腹部，自殺身死。

哪吒原是靈珠子下凡。他的魂魄此時拋卻肉體，戀戀不捨地離別哭得死去活來的父母，飄飄盪盪來到了乾元山。太乙真人見哪吒的魂魄到來，說：「孩子，你受苦了！」

哪吒魂魄跪在師父面前，說：「師傅救我！」

太乙真人對身旁的金霞童子說：「快去五蓮池中摘來**蓮花**二枝，三片荷葉。」童子答應，立即前去取來放在地上。

知識泉

蓮花：蓮的花。蓮又稱荷，是一種生於淺水中的草本植物，葉大而圓，夏日花梗抽長，開淡紅或白色的大形花。蓮的果實藏於蓮蓬內，地下根莖是日常食用的蓮藕。

太乙真人將花瓣鋪成人形，又把荷葉梗折成三百骨節，然後取來一粒金丹放在中央，大喝一聲：「哪吒成人！」只聽轟地一聲響，那荷花荷葉變成了哪吒。這就叫蓮花化身，魂身合一，比原來的哪吒更精神更英俊了。

哪吒連忙跪謝師父。太乙真人把他領到後山桃花園裏，先傳授火尖槍，又取來豹皮囊，送給哪吒。

這囊中除裝着乾坤圈、混天綾外，還有金磚一塊，可以飛起打人，十分厲害。

太乙真人打量着哪吒，說：「還有，還有。」他又拿出風火二輪，讓哪吒踏上，說：「好，你踏上風火輪，腳下有風有火，如同雷電，能夠騰空飛行，日行千里。」

哪吒將寶貝一一試過，再次謝了師父。太乙真人說：「哪吒，這仙山不是你久居之地。現在紂王暴虐，為政不仁，天下大亂。你師叔

姜子牙正與青龍關總兵張桂芳大戰，陷於困境。你速速前往西岐，幫助子牙師叔破除張桂芳的妖術。」

哪吒聽了，連連答應。

他辭別師父，腳踏風火輪，下山前往西岐去了。

哪吒的父親李靖在仙人指導下，也辭去官職，隱居山中，在後來的伐紂戰爭中，他與三個兒子共同立下了戰功，被後人尊稱為托塔天王。

十五、哪吒大敗張桂芳

姜子牙的兩員大將被張桂芳捉拿去了，收兵回營，悶悶不樂。正在發愁如何破張桂芳的妖術時，手下將官來報：「啟稟丞相，有一道童求見。」

姜子牙說：「請他進來。」

門開了，走進一個道童，手提火尖槍，身背豹皮囊，向子牙行禮說：「師叔，弟子哪吒，是太乙真人的徒弟。師父命我下山，在師叔帳下聽候命令。」

姜子牙望着英俊的哪吒，心中大喜。他將戰場失利情況一講，哪吒說：「師叔放心，明日弟子上陣，破那妖術。」

一夜過去，第二天一大早，張桂芳就在城下叫陣，姜子牙說：「哪吒前往，不可大意。」

哪吒腳踏風火輪，出城迎戰。張桂芳一看，姜子牙派出一員小將，說：「先行官風林上陣。」

哪吒與風林互通了姓名以後，哪吒說：「饒你風林不死，快去叫你張桂芳出來！」風林大怒，雙手揮舞狼牙棒，朝哪吒打來。

哪吒使出火尖槍，迎了上去，戰了二十回合，風林招架不住，將嘴一張，噴出黑煙，煙中紅珠子朝哪吒劈面打來。

哪吒嘻嘻一笑，説：「這算什麼，小小妖術，去你的吧！」只伸手一指，那黑煙和紅珠子就都無影無蹤了。

風林一見，慌忙逃走。哪吒不慌不忙，將乾坤圈朝風林打去，只聽啊呀一聲，風林的左肩骨被打斷了。他差一點掉下馬來，抱鞍敗回軍營。

張桂芳見先行官受傷敗陣，急忙提槍上馬，親自迎戰哪吒。打了幾十個回合，張桂芳儘管槍法高超，那也難抵哪吒。眼看走投無路，只好使用法術。他衝哪吒大喊：「哪吒不下輪來，等待何時！」他想，任你哪吒武藝高強，也要栽倒在地。

哪吒聽那對手呼喚自己姓名，也確實吃了一驚。可是，哪吒沒有肉身，是蓮花化成，張桂芳的法術對他不起作用。

哪吒說：「你這混帳的傢伙，下不下風火輪在我自己，哪能聽你胡亂喊叫！」說罷，拋出乾坤圈，將張桂芳的左臂打得骨折筋斷，敗回陣去。

這天夜晚，姜子牙又率兵偷營，大敗張桂芳。張桂芳無奈，只好請求聞太師請來許多邪門道友助戰，但仍不能取勝，在一次交鋒中，被哪吒、金吒、黃飛虎包圍，無路可走，拔劍自殺了。

十六、申公豹割頭騙姜尚

姜子牙雖然打了勝仗，但想到紂王一定不肯罷休，他想：「此後還不知有多少場惡戰，那就苦了西岐百姓。不如到崑崙山拜見師傅，請師傅指點指點，幫助幫助。」

主意打定，便告別武王，借土遁來到了崑崙山麒麟崖。故地重遊，不禁歎道：「一別十年，光陰似箭，不知師傅可好！」

他急忙來到玉虛宮，由白鶴童子通報，見到了元始天尊。元始天尊說：「你來得正好。我讓南極仙翁取來『封神榜』給你。你回西岐以後，可在岐山造一座封神台，將『封神榜』張掛起來，待你擊敗紂王之日，用來封神。至於你讓我幫忙，大可不必。你是正義之師，遇有難處之時，自有能人前來相助。好了，你可以回去

知識泉

南極仙翁：南極仙翁亦即壽星。壽星本是星名，亦是神仙名。

了。」

姜子牙不敢再問，只好走出了玉虛宮。沒走多遠，白鶴童子又追了上來，叫道：「師叔慢走，元始天尊喚你回去。」姜子牙點點頭，連忙返回玉虛宮八卦台下，跪着問：「師傅還有吩咐？」元始天尊説：「你這一去，如若有人叫你名字，萬萬不可答應。不然，會惹來許多麻煩。另外，東海還有一人等你。」

姜子牙離開玉虛宮，腦子裏琢磨着師傅的話，不甚明白。這時，南極仙翁前來相送，説：「師弟千萬記住師傅的囑咐，如果有人叫你，切不可答應。師弟速回西岐，我就不遠送了。」

姜子牙點點頭，謝過師兄，匆匆離去。當他走到麒麟崖時，忽聽身後有人叫：「姜子牙！」姜子牙心中一驚，自言自語説：「果然有人叫我，不可以答應。」

身後那個聲音又叫：「子牙公！」

姜子牙裝作未曾聽見，仍不答應。

身後仍是那個聲音叫：「姜丞相！」

姜子牙既不答應，也不回頭，自己走自己的路。

這時，那身後的人生氣地大喊：「姜子牙，姜尚，你也太薄情忘舊了！你現時做了西岐丞相，難道就忘了與你一起學道四十年的師弟啦！」

姜子牙是個有情有義的人，聽了此話，只得回頭觀看，原來呼喚他的是師弟申公豹。

申公豹說：「師兄，我有一言奉告，那就是請你

與我一起保紂滅周，你意下如何？」

姜子牙一聽，心中一驚，嚴肅地說：「師弟所言差矣！周王仁義，上合天意，下得民心；紂王暴虐，**氣數**[1]已盡，萬萬不可助他。」

申公豹聽了姜子牙的話，大怒道：「果然不出我之所料，你是保周保定了。不過，你有什麼道行？只學些**五行**[2]之術罷了。我可比你強，比如我可以將我的頭割下來，拋向空中，遠遊千萬里，然後再讓頭回來不偏不斜地落到脖了上，恢復原狀。你有這本事嗎？沒有本事，談什麼保周滅紂？」

姜子牙不信，說：「師弟，你若真能把頭取下，拋上空中後再因到脖子上，我就燒了封神榜，同你一起前往朝歌。」申公豹說；「說話不能反悔。」姜子牙說：「一言既出，重如泰山，哪裏能失信呢！」

知識泉

泰山：位於山東省中部，海拔1545公尺，是觀光勝地。古代帝王都在泰山拜祭天地。

---

① **氣數**：指命運、氣運。

② **五行**：五行是指金、木、水、火、土五種物質。

申公豹點點頭，立即摘下道巾，左手提着頭髮，右手握着寶劍，一下子把自己的頭割了下來。他的身子並不倒下，也不流血。接着將頭望空中一拋，那頭在空中漸漸升高，盤旋着越飛越遠。

再説南極仙翁送走姜子牙以後，坐在山石上歇息。忽然，一抬頭，看到申公豹的頭飄在空中，氣憤地說：「姜子牙忠厚，不能看着讓他上當。」他連忙喚道：「白鶴童子，你快變成一隻白鶴，把申公豹的頭叼到南海去。」白鶴童子答應了一聲，立刻變成一隻仙鶴，飛到天空，一口叼住申公豹的頭，飛走了。

姜子牙正仰頭觀看，忽見飛來一隻白鶴，叼了申公豹的頭向遠處飛去，急得跺腳大喊：「畜牲！快把頭放下！」正喊着，忽然有人在他背上拍了一巴掌，回頭一看，原來是南極仙翁。他問：「師兄為何到此？」

南極仙翁說：「你呀你呀，真是個書呆子！申公

豹用幻術騙你，你怎能當真！師傅一再叮囑，不讓你答應別人的呼叫，你卻違背了。這樣一來，正如師傅講的，今後你有許多麻煩。是我讓白鶴童子銜走他的頭的。依我看，你不必為他求救，過一時三刻，頭不回來，他就會流血死去。這樣，你也少個仇敵。」

姜子牙想了想，說：「師兄，我想，還是饒了他吧，可憐他也修煉了那麼多年。」

南極仙翁說：「他發誓要保紂滅周，已惹師傅生氣。他心地狠毒，你饒了他，他可不會饒你。你可別後悔呀！」

姜子牙點頭說：「他不仁，我不能不義。師兄發發慈悲，還是饒了他吧。」

南極仙翁無奈，只好答應了。他向天空招了招手，那白鶴童子飛轉回來，把嘴一張，那頭就落在了申公豹的脖子上。

不料，落得慌忙，頭落反了，臉朝着脊背。申公豹連忙伸出雙手，端起雙耳一轉，才把頭轉正了。他睜開雙眼，看到南極仙翁站在面前，吃了一驚。

南極仙翁大聲斥責說：「申公豹，你怎敢惑弄姜子牙？哼，趕快滾開！」

申公豹不敢頂撞南極仙翁，只是狠狠地對姜子牙說：「我不會放過你，我將去邀請各路神仙兵馬前來討伐你！」申公豹這樣說，也確實是這樣做的，只是每次都以失敗告終。而他犯下的大錯誤中的一件，就是遇到紂王的兒子殷郊和殷洪，他顛倒是非，向他們兄弟倆挑撥，叫他們幫助紂王，用他們學來的本領去對付姜子牙的仁義之師，結果他們兵敗身亡。最後，在姜子牙伐紂即將取得勝利之際，他被元始天尊用玉如意打落在地，將他塞進北海眼裏，下場十分悲慘。

知識泉

如意：一種器物，用竹、玉或骨等製成，頭作靈芝或雲葉形，柄微曲，作為賞玩之用途。

十七、雷震子空中鬥辛環

姜子牙打了勝仗的消息，傳到朝歌，紂王大怒，他責問太師聞仲：「張桂芳等人，真是沒用！西岐謀反，實在令朕不安，你要設法平叛，以安天下。」

聞太師奏道：「陛下放心。這次我親率三十萬大軍前往，不殺姜尚，誓不罷休。」

聞仲選擇了吉日良辰，炮聲隆隆中，出了朝歌城。渡黃河，過澠池，越青龍關，日夜跋涉，來到了西岐南門外，安下營寨。

三天以後，聞太師在城外擺隊伍，旌旗招展，刀槍閃爍。聞太師自己騎在墨麒麟上，立在龍鳳旗下，左右站着鄧忠、辛環、張節、陶榮四員大將。

姜子牙列隊迎敵，將士們分別舉着青、紅、白、黑、黃五色旗，

知識泉

麒麟：我國古代一種傳說中的靈獸。麒是雄的，麟是雌的，外形似鹿，具有牛尾與馬蹄，一隻角，體色五彩，與鳳凰一起出現，象徵吉祥，被認為是吉祥之獸。

分五路秩序井然地走出西岐城。每杆旗下，都有一員戰將守護。中軍帥字旗下，姜子牙騎着四不像，左有黃飛虎，右有哪吒眾將領護衛。

聞仲看姜子牙和黃飛虎來到陣前，喝道：「姜尚，我親率大軍到此，你等還不下馬投降！如若抗拒，我將踏平你西岐。」

知識泉

四不像：元始天尊送給姜子牙的神獸，麟頭、豹尾、龍身。

槍：古代在長杆上嵌以尖鋭金屬物的兵器。

鐧：古兵器，屬鞭類。

姜子牙説：「聞太師所言差矣！紂王不能以德治天下，而你為虎作倀，反來指責別人，太不應該了。依我説，太師還是班師回朝去吧。」

聞仲哈哈一笑，説：「你等既不投降，就別怪我動武了。左右，把叛賊給我拿下！」

話音剛落，那鄧忠就催馬揮斧，大叫一聲，直奔黃飛虎。黃飛虎縱五色神牛，挺手中銀槍，上前迎戰。接着，張節使槍，陶榮用鐧，一齊殺出。姜子牙的周營則躍出大將南宮適和武吉，分頭和他們交兵廝殺。

那長有雙翅的辛環見鄧忠不能取勝，就將兩脅肉翅一展，飛上空中，手持大鍾，向周營衝來。

姜子牙看到敵陣中飛起一將，獠牙尖嘴，臉如紅棗，兇惡猙獰，大吃一驚。為防不測，命令道：「黃天化速去對付他！」

知識泉

鍾：古代兵器，柄的上端是一個金屬的鐵球。

鞭：古兵器。形狀似鐧而無稜角。

兩軍八員戰將，你砍我殺時，聞仲也催動墨麒麟，揮着雌雄雙鞭，向姜子牙殺來。

姜子牙忙催動四不像，舉劍相迎。聞仲雙鞭十分厲害，左右揮舞，發出風雷的聲音，姜子牙戰了幾個回合，漸漸支持不住，忽然覺得肩頭疼痛，原來挨了聞仲一鞭。

姜子牙身子一晃，從四不像身上摔了下來。聞仲正要上前砍殺，哪吒急駛風火輪，端槍大叫：「不許傷我師叔！」霎時，那槍已向聞太師刺來。

聞太師急忙用鞭架槍，趁此時機，金吒上去救回了姜子牙。

哪吒和聞仲交戰，雙鞭左右翻飛，火尖槍上下抖動，戰了六七個回合。哪吒稍一大意，聞仲一鞭將哪吒打下風火輪。

姜子牙部下有一年輕道人，姓楊名戩，是金霞洞玉頂真人的徒弟，能夠七十二變。這時，他看到聞仲傷了哪吒，急忙飛馬來戰。楊戩一杆長槍，直刺聞仲，而聞仲一鞭打在楊戩臉上，只見火星飛迸，而楊戩卻毫不理會，沒事一樣。聞太師吃了一驚，心想：「西岐竟有如此奇人，怎能不勝！」

> **知識泉**
>
> 楊戩：又稱二郎真君。奉父親命斬殺蛟龍，阻止水患，死後民間尊為二郎神。
>
> 幡：長形下垂的旗幟。

那陶榮與武吉在互相廝殺。陶榮見難以取勝，便把法寶聚風幡取出，一連搖了三四下。霎時間，陣地上颳起一陣狂風，飛沙走石，天昏地暗。周軍被風沙打得站立不穩，睜不開眼睛。再加上紂軍一齊掩殺過來，使得他們丟旗棄鼓，敗下陣來。聞太師下令全軍追殺，後見周軍退入城中，便敲起得勝鼓，收兵歸營。

姜子牙打了一個敗仗，收兵城中，休整了一天。次日，他召集眾將領商議，有人提出：「聞仲初到西岐，就打了勝仗，心中高興，對我喪失警惕。今夜乘

他不備，我軍前去劫營，一定能取得成功。」

眾將聽後，都非常贊同。姜子牙一一安排好後，到了三更時候，趁紂軍熟睡之時，周軍如同潮水一樣，殺進了紂營。

哪吒腳踏風火輪，手持火尖槍；黃天化揮舞着兩柄銀錘，騎着玉麒麟，奮勇當先，衝進了聞太師的軍營。聞太師正在睡夢中，聽到吶喊，知道不好，迅速下地，跨上墨麒麟，慌忙應戰。

黃飛虎、黃明衝入紂軍左營，和鄧忠、張節大戰；南宮適、辛甲衝進右營，和辛環、陶榮殺在一起。楊戩按姜子牙安排，從後營殺進去，找到糧草，放起大火，噼噼啪啪燒了起來。

聞太師被姜子牙和金吒、木吒等將領團團圍住，只有招架之功，沒有還手之力。不一會兒看到後營燒起大火，知道糧草難保，心中着急。他想，此處不可戀戰，正想逃跑，姜子牙將自己的法寶打神鞭祭了起來。那打神鞭在天上轉了幾轉，照聞太師打來。

知識泉

打神鞭：元始天尊送給姜子牙的木鞭，長三尺五寸六分，有二十六節，每節有四道符印，據說可以專門對付封神榜上有名的神。

聞太師大喊一聲「不好」，急忙將手中的雌鞭向上一架，只聽喀嚓一聲，雌鞭被打作兩截。

聞太師一看情況危險，慌忙揮舞左手中的雄鞭，催動墨麒麟，衝出重圍，邊戰邊退。陶榮、辛環、鄧忠、張節幾員將領見勢頭不好，也都護圍着聞太師，向岐山方向，奪路逃去。

這時，在西岐山空中有一位長相奇特的人正在飛行。他見下邊有軍隊潰逃，就慢慢降落下來。聞太師抬頭一看，見空中飛來的人相貌兇惡，就喊道：「辛環，空中那人與你一樣，也長有雙翅。你快去迎戰！」

辛環迎了上去，問道：「來將何人？」那人答道：「我是終南山玉柱洞雲中子的徒弟雷震子。我是奉了師父之命，特來討伐你這不義之師的。先吃我一棍吧！」

雷震舉起金棍朝那辛環打去，辛環把兩翅一夾，起到空中，用錘迎住。兩人棍來錘往，殺得不可開交。幾十回合過去，辛環漸漸支持不住，敗下陣去，往岐山頂上逃跑。

雷震子急於見到姜子牙，所以也不去追，掉轉身往西岐城飛去。姜子牙見到雷震子，說：「很好很好，歡迎你來助我一臂之力。文王曾向我講起過你。你應是武王之弟，我帶你去見。」

周武王姬發見到了雷震子，非常高興，說：「父王對我講過你的事情。紂王荒淫暴虐，遭到天下反對。今後，你就在姜丞相帳中聽令，為國立功，前途無量。」

雷震子點頭說：「王兄所言，我全記住了。」

十八、眾仙人大破十陣圖

聞太師打了敗仗，路上又受雷震子驚擾，心情十分不好。兵退岐山，紮下營寨，坐下休息，歎息說：「我聞仲率兵東征西討，出生入死，還從來沒有像這次慘敗過。」

眾將領前來勸慰：「太師不要過於憂傷。我們還可以調兵遣將，繼續討伐西岐。」

聞仲搖了搖頭，說：「四方各路諸侯，紛紛叛變，調兵難啊！」

聞太師的徒弟吉立說：「我有一個主意。太師有許多道友，個個本領高強，可以請些來，不愁打不敗姜子牙。」

聞太師點點頭說：「好，這個主意好。」

說罷，吩咐鄧忠、辛環看好營寨，然後騎上墨麒麟，拍了拍牠頭上的風雲角，騰飛起來，向東海飛去。

不一會兒就到了金鰲島。聞太師從空中落下，忽聽有人叫他：「聞太師，我正要去尋你。」聞太師一看，原來是申公豹。這申公豹原是姜子牙的師弟，但是他卻死心塌地保紂王，處處與姜子牙為敵。申公豹拍了一下他騎的白額猛虎，走到聞太師跟前，說：「我已經知道，太師西岐城失利。姜子牙有什麼了不起！為了打敗周武、姜尚，我已幫你請了眾多道友，練好很厲害的十陣圖。這回，我們一定會馬到成功。」

知識泉

虎：虎屬貓科的猛獸，體長約二公尺，身體顏色有黃褐色和紅褐色兩種，具有黑色斑紋，腹部白色，性情兇悍，力猛，以鳥獸為食，亦會侵襲人類。產於中國東北、西伯利亞、印度和蒙古等地。

聞太師十分高興，感謝說：「有勞你和眾道友了！」說罷，他們來到離金鰲島不遠的白鹿島。

正在演練十陣圖的金鰲島和白鹿島的眾仙人，見聞太師到來，一齊起身迎接。秦天君說：「你來得正好，先看看此陣的排列。」

金光聖母說：「看罷之後，商議一下何時擺陣與姜子牙決一勝負。」

兩個時辰過去了，眾道仙和聞太師商量完畢，就一齊騰雲駕霧，直奔岐山。

進了營寨，稍稍歇息一會兒，秦天君問：「西岐城在何處？」聞太師答：「從岐山到西岐城，約有七十里地。」金光聖母說：「我看事不宜遲，速速調兵遣將，前去擺陣，與那姜子牙決一雌雄。」眾道人都點頭稱是。

聞仲下令：「鄧忠為前隊，整點人馬，先殺向西岐城。」

聞太師率領紂王軍隊殺回西岐城的消息，很快稟報了姜子牙。姜子牙雙眉緊鎖，說：「眾將軍可隨我登城，看看聞仲又耍什麼花招。」黃飛虎、哪吒、楊戩等人跟着姜尚登上了西岐城牆一看，不禁大吃一驚。

城下，聞仲已經擺好了十陣圖，只見那陣中冷風吹拂，愁雲暗藏，黑霧慘淡，直沖雲霄。哪吒問姜子牙：「丞相，此陣十分厲害，你可知它的名稱與破法？」姜子牙搖頭說：「看來，聞仲請來了截教有法術的道人，前來擺陣助他。此陣我也不曾見過。」說

着，心中暗暗着急。哪吒說：「師叔，既然聞仲能夠請人助戰，我們也可以呀！」

哪吒的話提醒了姜子牙，點頭說：「你說得好。我們也有許多神仙朋友，請他們來幫我們破陣。替天行道，仙友們是不會推辭的。」

商議中，聞太師已經乘坐墨麒麟在城外叫戰了：「姜子牙，你有膽量，敢進我的十絕陣中走一走嗎？」

姜子牙無奈，只好騎上四不像，帶領眾將領，擺成五方隊形，出城迎戰。他想，十陣圖到底都是什麼玩藝兒，尚不清楚，借機先探個虛實。

兩軍對陣，秦天君高聲叫道：「姜子牙，你認得我嗎？」

姜子牙舉目觀看，見聞太師身旁站立十位道人，一色都騎着仙鹿。姜子牙問：「實不相瞞，各位道友都未曾謀面，不知都來自哪些名山？」

還是秦天君先答話：「我是金

知識泉

鹿：屬哺乳綱偶蹄目。四肢細長，性情溫馴。雄性有像樹枝的角。毛皮可以製造器具，鹿角、鹿茸、鹿骨可入藥。鹿肉可食，鹿舌、鹿筋、鹿尾更加是珍品。

鰲島道人秦完，道號天君。我等十幾人協助聞太師討伐你，擺出十個陣圖，個個絕頂厲害。十絕陣中定要使你全軍覆沒。」

哪吒喝斥說：「秦完，休得放肆！」

金光聖母哈哈一笑，說：「我們十陣圖已經擺好，你們好好看看，敢來破嗎？」

姜子牙沒有說話，帶領楊戩、哪吒、黃天化、雷震子上前觀看陣圖。只見每一陣上，都挑起一個牌子，牌子上依次寫着十陣的名字：天絕陣、地裂陣、風吼陣、寒冰陣、金光陣、化血陣、烈燄陣、落魂陣、紅水陣、紅沙陣。

看罷十陣，姜子牙說：「聞太師，你從海外邀來道人，擺出十陣圖，的確不易。但此十陣並非十全十美，有許多漏洞。你等可再修改，別讓行家笑話！」秦天君一聽，生氣地說：「姜子牙，少說大話！你何時敢來破陣？」

姜子牙說：「等你們將陣圖擺得沒了缺欠，我過幾天自然來破。」說罷，帶領眾將領兵卒返回城中。

回到丞相府，姜子牙對眾將領說：「在敵陣面

前，我話雖那麼説，但十絕陣的確厲害，其中多有截教左術，不可捉摸。待明日，我們各自分頭去請各自的師傅，前來協助我們破陣，不可怠慢。」

第二天一大早，他們正要出發，忽有守門將官前來稟報：「二仙山的麻姑洞主，黃龍真人求見丞相。」

姜子牙連忙起身迎接，説：「有請，有請。」黃龍真人説：「近日我們三山五岳的道友，聽説聞仲請了那金鰲島的截門道人，擺了十絕陣，我們商議，陸續前來幫你一把，破掉那陣，以順天意，興周滅商。」

姜子牙萬分感謝，説：「太好了。我立即派人在西門外，搭好蘆篷，準備迎接眾位道友。」

僅用一兩天時間，招待眾仙人道友的蘆篷就造好了。陸續前來助戰的共有十二位，他們個個神通廣大，本領高強。這十二位仙人道友是：

九仙山桃園洞的廣成子

太華山雲霄洞的赤精子

狹龍山飛雲洞的懼留孫

乾元山金光洞的太乙真人

崆峒山元陽洞的靈寶大法師

五龍山雲霄洞的文殊廣法天尊

九功山白鶴洞的普賢真人

普陀山落伽洞的慈航道人

玉泉山金霞洞的玉鼎真人

金庭山玉屋洞的道行天尊

青峯山紫陽洞的清虛道德真君

二仙山麻姑洞的黃龍真人

姜子牙見眾仙人道友在蘆篷內坐好，說：「感謝眾位仙人道友前來幫我破聞仲的十絕陣，不然，西岐又會有許多將士死於非命。」廣成子說：「不必客氣。天意如此，我們正是替天行道，幫助武王和你的。子牙丞相，何時去破那十絕陣？由你調遣安排吧。」

姜子牙聽罷，連忙站起身來，擺着雙手說：「不敢當，不敢當。各位師兄，你們都知道，我的道行不深，難以去破那十絕陣。請哪位師兄出來，代子牙安排。」

正說着，空中傳來幾聲鹿叫聲，眾人抬頭一看，只見一位仙人，騎着梅花鹿，駕着五彩祥雲，慢慢降了下來。大家認得是靈鷲山圓覺洞的燃燈道人，一齊下蘆篷迎接。

燃燈道人和大家打了招呼，進蘆篷坐好，說：「眾道友都先來了，不知由哪位主持破那十絕陣？」

姜子牙藉機對燃燈道人說：「眾人專等老師前來指教呢，就由你燃燈道人主持吧。」

燃燈道人想了想，說：「好，感謝眾位道友的信任，我就不客氣了。」

姜子牙十分高興，大家也沒有意見。燃燈道人從姜子牙手中接過符印，說：「各位道友今日早做準

知識泉

梅花鹿：屬哺乳綱偶蹄目。長約1.5公尺，毛色隨季節變化，夏季時栗紅色，多白斑，狀似梅花；冬季褐色，頭部有鬣毛。雄鹿兩歲起出角，角每年增加一叉，五歲時便有四叉，以後就停止不再分叉。梅花鹿分布在我國東南及東北一帶。

備，明日與聞仲一伙鬥法，破他十絕陣，一切聽我調遣。」

姜子牙請來仙人道友的消息，早有探子報告了聞太師。聞太師與秦天君商議後，立即給西岐下了戰表，姜子牙應戰，決定次日交兵，決一勝負。

第二天，拂曉時分，紂軍大營裏一聲炮響，聞太師率領鄧、辛、張、陶四員大將，出了轅門，擺開陣勢。十名道人，也都按着陣圖的位置一一站好。

西岐眾仙，也都按燃燈道人安排，站好了隊伍。燃燈道人騎着梅花鹿走在中間，赤精子在左邊打着金鐘，廣成子在右邊敲着玉磬。後邊是排列整齊的十位大仙，再後邊是姜子牙、楊戩和哪吒等眾將領。

十陣圖第一陣是天絕陣。燃燈道人率領眾人走近陣門，只聽轟然

知識泉

轅門：古代皇帝出巡，在險要地方停宿，用車子阻攔，作為屏障。出入口處，仰起兩輛車子，以兩車的轅相向交接，做成一半圓的門，叫轅門。後來衙署或領兵將帥的營門，也叫轅門。

金鐘：鐘，古代樂器，青銅製造。懸掛於架上，用槌叩擊發音。有的一組十幾個，大小不同，發出不同的聲音。有的是單一一個大的，稱為特鐘。

玉磬：古代樂器。用石或玉雕成，掛在架上敲擊發聲。

巨響，陣門大開。陣門奔出一隻黃斑鹿，鹿身上騎着秦天君秦完。

秦完高聲喊：「玉虛宮的徒子徒孫們，哪個膽大，敢來破我天絕陣？」

燃燈道人正要派人，這時西岐大將鄧華持劍衝出，大聲答：「鄧華敢來，秦完休要猖狂！」一劍一戟，你來我往，兩人打得不可開交。幾個回合以後，秦完虛晃一戟，轉身向陣中走去。鄧華窮追不捨，也跟進陣去。那陣中雲淒淒，風慘慘，妖霧瀰漫。他正在辨別方向時，那秦完跳上八卦台，取過台上的三首幡，左右搖了幾下，然後往台下一扔。只聽轟隆隆一陣雷鳴，鄧華立時昏迷了過去，倒在地上。

秦完哈哈大笑着，從八卦台上跳在地上，用刀割下了鄧華的腦袋，用手提着，走到陣外，大聲喊：「鄧華已死在我的陣中，還有誰敢來破陣？」

子牙和眾將士見鄧華被殺，十分痛心。燃燈道人說：「出師不利，大家千萬不要大意。文殊廣法天尊，請你前去破陣，為鄧華報仇！」

文殊廣法天尊答應了一聲，舉劍直刺秦完。秦完並不戀戰，只一回合，扭頭就返回陣中。文殊廣法天尊來到天絕陣門口，只見陣中悲風蕭蕭，涼氣逼人，就用手往地下一指，霎時，腳下生起兩朵蓮花。蓮花托起天尊雙腳，飄進陣中。秦完早已跳上八卦台，喊道：「廣法天尊，腳踏蓮花也救不了你。」天尊冷笑一聲說：「你別高興得太早。」說罷，他伸出左手五指，那五個手指上立即射出五道白光，每道白光頂上有一朵蓮花，每朵蓮花上又各有一盞金燈。這五盞金燈明晃晃地在前邊，為廣法天尊照路。

秦完在八卦台上看到廣法天尊道法這麼高，不禁吃了一驚。他急忙搖起三首幡，只聽轟隆隆一聲雷響，火光直撲廣法天尊。天尊不慌不忙，伸出右手，往頭上一指，頭上現出一朵彩雲，護住上空。彩雲中不斷放出五色毫光，照在天尊身上，彷彿有一道屏障。秦完急了，雙手拼命搖那三首幡，但卻搖不倒文殊廣法天尊。

眼睜睜地看着文殊廣法天尊越走越近，突然，他在金光中祭起遁龍樁，嘩啦啦向秦完飛來。遁龍樁飛到秦完頭上，將秦完遁住，使他動彈不得。

文殊廣法天尊飛身跳上八卦台，對秦完説：「貧道今日放不得你。這也是天意，要我開一次殺戒。」説罷，將寶劍一劈，斬下秦完首級，拎着，走出天絕陣。

天絕陣已破，燃燈道人説：「懼留孫，請你迎戰趙江趙天君，破他地烈陣！」

懼留孫答應一聲，迅速仗劍出列，直奔那趙江。趙江持劍拼殺，只一個回合，轉身鑽入地烈陣。懼留孫喊：「別逃！」趙江邊走邊説：「天君我讓你死在這陣中！」説罷，跳上中心台，拿起台上的五方幡，左右一搖，只見陣中頓時怪雲捲起，雷電聲光，一片大火燃燒起來。大火燒得地面裂出巨縫，十分厲害。懼留孫急忙現出彩雲，籠住自身，以防大火燒身。懼留孫大聲説：「瞧我的捆仙繩！」説着，取出捆仙繩向趙江拋去。忽喇喇一聲響，捆仙繩將趙江牢牢地捆綁了起來。懼留孫又喊：「黃巾力士，將趙江拿下！」空中一道金光，現出黃巾力士，提起捆仙繩，將趙江送往姜子牙的蘆篷裏。

聞太師見姜子牙的道友連破兩陣，氣得直跺腳。

他怕軍心渙散，便傳令暫且收兵關陣，重整軍容。

燃燈道人率眾人返回蘆篷，命人將趙江吊起來，待以後處置。

姜子牙說：「燃燈老師，今日連破兩陣，尚算順利。只不知明日那風吼陣如何破？」燃燈說：「我們二人是破不了那風吼陣的。只因那陣中的風是地、水、火形成的神風，風中有無形尖刀千萬把，刺人必死。」

姜子牙驚訝地問：「哪位道兄可破此陣？」

燃燈道人說：「趕快派人前往鐵叉山，找到度厄真人，借來定風珠。」

十九、老子和元始天尊顯威

一夜奔波，姜子牙終於從度厄真人那裏借來了定風珠。燃燈道人將定風珠交給慈航道人，說：「慈航走一趟吧，祝你馬到成功。」

話音未落，那風吼陣的陣主董天君董全已經在叫陣了：「西岐營裏，誰敢來闖我的風吼陣？」

慈航道人大喊一聲：「看我來破風吼陣！」慈航一踏入風吼陣，

迎面捲起一陣黑風。黑風中果然有萬把尖刀向慈航刺來。慈航將定風珠放在頭頂，那黑風被逼停在五尺以外，不能傷人。慈航不慌不忙從袖口中取出一隻古瓶，將瓶口朝地，大喝道：「董全哪裏逃！」只聽嗖地一聲，董全被吸入瓶中。慈航將瓶口朝上，雙手捧着走出風吼陣。到了陣外，將瓶往地上一倒，那董全已化為血水，流了出來。

幾天相鬥，聞太師的十絕陣一個個被破，十分煩惱。他正在籌劃撤兵逃跑，那申公豹突然闖進軍帳。聞太師流下淚說：「十陣已破，走投無路了。」申公豹說：「不要着急，你看我又把誰請來了。」說罷一指身後，原來他身後走來了三位娘娘：雲霄娘娘、碧霄娘娘、瓊霄娘娘。

三位道姑向聞太師行禮，說：「我們的哥哥被西岐軍殺死，為報仇，也為了助你，我們要擺九曲黃河陣，捉拿姜子牙。」

聞太師一聽，心中稍稍平靜一些，說：「我正在焦急。有三位道姑相助，定能再戰西岐。」

幾天以後，黃河陣擺好了。聞太師與道姑一起來

到西岐蘆篷叫戰。姜子牙對燃燈道人説：「此次讓我出戰吧！」燃燈説：「好吧，務要小心。」

姜子牙騎着四不像，殺向三位道姑。碧霄一拍坐着的花翎鳥，向子牙這方向奔來。楊戩見那碧霄十分兇猛，就喊了一聲：「休得傷我師叔！」舉槍迎了過去。

楊戩和碧霄正在廝殺，那雲霄從一旁祭起混元金斗，金光一閃，金斗將楊戩扣住。瓊霄上前，把楊戩捉走，扔進黃河陣中。

金吒見楊戩被捉，急忙拋出遁龍樁。雲霄笑道：「這算什麼寶貝！」

説罷，托起混元金斗，往空中一指，那遁龍樁落入金斗中。接着將金斗祭起，又將金吒捉了去。

木吒急了，猛地跳到瓊霄跟前，舉劍就刺。瓊霄也持劍相迎。戰了幾個回合，木吒祭起自己的吳鈎劍，向瓊霄殺去。瓊霄仍然托起金斗，收走了吳鈎劍，還捉了木吒。

那混元金斗確實厲害，不一會兒又捉走了赤精子和廣成子、太乙真人、慈航道人等十二位大仙。

雲霄哈哈大笑，對燃燈道人說：「你的十二位道友都落入我們的黃河陣，你也逃不掉，你若聰明，就老老實實投降吧。」

燃燈道人說：「妄想。他們怕你的金斗，我卻不怕。」

雲霄說：「那就試試。」說着祭起混元金斗。那金斗正要收燃燈道人進去，燃燈道人一見不好，立即化成一股清風，逃回蘆篷去了。

聞太師看到雲霄三姐妹拿住了玉虛宮十二大弟子，心中十分高興。他問雲霄：「這些弟子被我們捉住，怎樣處置他們？」雲霄說：「先困他們在黃河陣裏，待商議商議再說。」

聞太師陪着雲霄姐妹回到大營，命令設宴，給眾仙姑賀功。

燃燈道人化為清風，逃回蘆篷以後，對子牙說：「想不到那雲霄三姐妹這般厲害。看來我必須到玉虛宮，請老師元始天尊下山了。」正說着，忽見白鶴童子進來說：「玉虛宮教主駕到，快去迎接！」

半空中傳來仙樂，香氣撲鼻。燃燈道人與姜子牙

連忙點上香上前迎接。不一會兒，元始天尊坐着沉香輦，從空中降下。南極仙翁手拿羽毛扇，緊緊跟在後邊。姜子牙將元始天尊請到蘆篷坐好，說：「老師，三仙島的雲霄、碧霄、瓊霄三位仙姑擺下黃河陣，把眾位師兄捉了去，望老師解救。」

元始天尊點點頭，說：「此事我已知曉，明日我去觀看那黃河陣。」

第二天，元始天尊來到黃河陣前，白鶴童子大聲通知雲霄等三人：「三位仙姑快快迎接！」三仙姑無奈，只好前來說：「不知師伯駕到，未曾遠迎，請原諒弟子。」

三位仙姑稱元始天尊為師伯，這是因為，當年鴻鈞道人收了三個徒弟：大徒弟是老子，二徒弟是元始天尊，三徒弟是通天教主。元始天尊掌管闡教，通天教主掌管截教。雲霄三姐妹都是通天教主的徒弟，所以稱元始天尊為師伯。

知識泉

老子：老子原是周代的哲學家，是道家的始創人，姓李名耳。道家主張凡事順應自然，知足忍讓，不爭權奪利。後來的道教把老子尊為太上老君，太上是至高無上的意思。

元始天尊對雲霄三姐妹說：「你們不守教規，設此陣以逆天道，實不應該。捉拿我玉虛門下眾徒弟，更應處罰你等。我倒要看看你們有些什麼本事。」説罷，徑直乘沉香輦，在祥雲捧托中進入黃河陣。

雲霄三姐妹忍着怒氣，跳上八卦台，準備與師伯鬥法。她們趁元始天尊不留意時，竟將一把戮目珠對天尊眼睛打來。哪知，那些戮目珠還未飛到天尊跟前，就火光一閃，全化作了輕煙消失了。

元始天尊看罷黃河陣，回到蘆蓬，説：「我師兄老子來了，快去迎接。」他們出得蘆篷，果然見老子乘坐神牛到來。元始天尊行罷禮，説：「我知師兄必定前來，故等你破陣。」

那雲霄三位仙姑早看到天上彩雲中的神牛，知大師伯來了。雲霄對兩位妹妹説：「糟糕，大師伯、二師伯都來了，這可怎麼辦？」碧霄説：「管他呢！反正他倆不是我們的師父。」瓊霄説：「哼，他倆如若進陣，我們就祭金蛟剪、混元金斗，何必怕他！」

第二天，老子騎牛，天尊乘輦，來到黃河陣前。雲霄姐妹只是站在陣前，不肯行禮。老子説：「你們師父見了我，還要彎腰行禮。你們如此，實在是太放

肆了！」碧霄說：「上不尊下不敬。我們只知拜師父，不知拜旁人。」

老子與元始天尊也不再說別的，徑直闖入陣中。那瓊霄不知二位師伯厲害，趁他們正在觀陣，先下手為強，祭起了金蛟剪。那金蛟剪尾交尾，頭交頭，如同兩條蛟龍，直奔老子頭部。老子不慌不忙，只將袍袖往上一迎，那金蛟剪就像小米粒兒掉進大海一樣，落入老子袍袖裏。

碧霄吃了一驚，心想，一不做，二不休。趕忙祭起混元金斗。不料，老子仍是不慌不忙，一展袍袖，又把混元金斗收入袖中。

三位娘娘見沒了法寶，氣急敗壞，持劍向老子殺來。老子從袖中取出乾坤圖，朝雲霄一抖，只見降下一位黃巾力士。老子喝令：「拿下雲霄，將她壓在麒麟崖下！」黃巾力士領旨，將雲霄押解而去。

元始天尊見碧霄與瓊霄十分猖狂，便將三寶玉如意祭上天空，一聲轟鳴，打中了瓊霄頭頂，頓時死了。碧霄見元始天尊打死了妹妹，就拋開老子，舉劍來刺元始天尊。元始天尊從袖口取出一個小盒，打開

蓋，拋向空中。那盒在空中一閃，直奔碧霄，霎時，將碧霄裝入盒中。元始天尊將蓋兒蓋在盒上，不一會兒，那碧霄就化成了一灘血水。

老子與元始天尊破了黃河陣，救出了眾位大仙

和各將領，給他們服了丹藥，一個個恢復了正常。然後，各自返回他們的仙山。

燃燈道人和姜子牙送走兩位師父，又坐下來商議向聞仲進軍之事。燃燈道人說：「只留雲中子到絕龍嶺埋伏，等待聞仲敗兵。其他十二位仙人均可回山了。」

二十、地下冒出個土行孫

眾大仙離去以後，姜子牙率兵猛攻紂軍聞太師。聞太師迎戰姜子牙。他手提金鞭，騎着墨麒麟，大聲說：「姜尚，勝負兵家常事。今日我倒要看看你有多大本事？」兩人你來我往，廝殺在一起。姜子牙見一時難以取勝，就祭起打神鞭，向聞仲打去。

聞太師額上神眼一閃，看到了那飛馳而來的打神鞭，急忙躲避，結果還是打中了左肩。

這時，周軍中的將士一齊吶喊：「紂軍將士，快投降吧！紂王無道，自取滅亡。你們應該棄暗投明！」

聞仲眼看着自己的幾員大將死的死，傷的傷，士氣大降，軍心渙散，難以支持。於是，他邊退邊戰，且戰且走，一下子敗退了七十里。

到了岐山腳下，他鳴金收兵，清理殘敗人馬，僅有幾千人了。他歎了口氣，對徒弟吉立說：「我征戰

幾十年，從來沒有像這次盡吃敗仗。也許姜子牙說的周興紂滅，真是天命？可我不甘心，不甘心啊！」

吉立勸慰聞太師說：「師父不要發愁，天無絕人之路，更何況我們還有實力。」聞仲點點頭，說：「但願上天不要亡我！」

聞太師命令人馬，取青龍關大路，返回朝歌，休整補充，再來征伐西岐。

路漫漫，心焦急，好不容易來到了一個三岔路口。忽然看到，路口跳出一人，腳踏風火輪，手持火尖槍，擋住紂軍去路。原來，那是哪吒，是姜子牙派他來此堵截聞仲敗兵的。

哪吒高聲說：「聞仲休想逃走！我奉姜丞相之命，在此已等候你多時了！」

聞仲命令：「鄧忠、辛環，前去將那小子拿下！」

鄧忠、辛環、吉立一擁而上，將哪吒圍在中間，廝殺起來。不一會兒，余慶和聞太師也來助戰。哪吒抖擻精神，一人對五將，毫無懼色。戰了五六個回合，不分勝負，哪吒累得滿頭大汗。那五員大將正與哪吒糾纏，哪吒難以脱身的時候，忽然，從地下鑽出一個矮矮的道童。

那矮道童手持鐵棍，照吉立的馬腿就打。那馬腿被打折，往前一栽，吉立從馬上摔了下來。那矮道童上前照吉立頭上打了一棍，吉立當即斃命。

哪吒覺得奇怪，大聲詢問：「來將何人？」那矮道童也大聲答：「我是土行孫，是狹龍山飛雲洞懼留孫的徒弟。」

原來，懼留孫在破了十絕陣和黃河陣以後，就回到了狹龍山。他將徒弟土行孫叫來，説：「西岐你師叔姜子牙正與紂王的聞太師大戰，你下山去吧。你已經學會了地行術，我再給你幾根捆仙繩，打仗也就夠用了。」

土行孫説：「弟子遵命。」説罷，辭別師父，把身子一扭，就沒影兒了。原來霎那間就鑽入地下，在地下行走了。他在地下正向西岐方向行進，忽然聽見地面上有喊殺的聲音，便想看個究竟，於是腦袋一晃，就從地下鑽了出來。他從眾人的服裝與特徵，辨認出了聞太師及其部下與哪吒。所以，他就給了那馬

一棍，並打死了吉立。

哪吒佩服土行孫的機靈，說：「好本領！」說罷，左手取出乾坤圈，祭到空中。乾坤圈在空中化作一道白光，喀嚓一聲，打中了鄧忠，鄧忠立即死去。

辛環看到一連死了兩員大將，心中又氣又惱。他展開雙翅，飛上天空。然後鼓足勁兒，從空中以迅雷不及掩耳之勢，向下撲來，照土行孫的頭上就是一錘。

那錘快如風，重如山。辛環叫道：「這錘讓你腦袋開花！」

這錘順着土行孫的頭向下砸去，咚地一下，砸在了地上。由於用力過猛，辛環的骼膊都震麻了。辛環以為，這一錘一定將土行孫砸成了肉餅，可仔細往地上一看，除了地上砸的坑以外，土行孫連影兒都看不見。

「哈哈哈。」土行孫在地下笑起來。原來，他忽然聽見頭上有風，就連忙將身子往地裏邊一鑽，鑽入地下。當然，那錘就只能擊中土地了。

辛環看沒了土行孫，正直起腰來找。此時，土行孫又從地下鑽了出來，站到了辛環的背後。

土行孫趁辛環還沒轉過身，就舉起鐵棍朝辛環的大腿上打去。「疼死我了！」辛環挨了一棍，疼痛難忍，站立不穩，只好展開雙翅，飛上天空去了。

聞大師看到自己的大將，不一會兒就二死一傷，已無心再戰。他一拍墨麒麟，帶着殘兵敗將，向來路逃去。

二十一、聞太師身亡絕龍嶺

辛環忍着劇烈的腿疼，靠雙翅飛行，追上了聞太師。

天色漸晚，夜幕降臨。聞太師望望前邊，又有一山擋路。他感到十分疲勞，就下令在山腰歇息。天至二更，忽聽山上眾人吶喊，炮聲連天。聞太師出帳觀看，只見山上隱隱燈光中，姜子牙與武王姬發談笑風生，還聽見姜子牙的將士們呼喊着這樣一句話：「聞仲兵敗於此！聞仲兵敗於此！」

聞仲大怒，立即驅趕墨麒麟，提鞭衝上山來。但是，忽然一聲炮響，山上人影俱無。他正納悶，猛然山下又有無數人在呼喊：「休走了聞仲！活捉聞太師！」

聞人師大聲篤道：「姬發**匹夫**[①]，還有姜子牙，

[①] **匹夫**：古代指平民中的男子，或者指普通人。

你們竟敢如此捉弄我，可恨，可恨！」

罵着，他又縱騎殺下山來。走沒幾步，突然從山凹裏飛出來那雷震子，一棍朝聞仲打來。聞仲措手不及，叫聲：「不好！」將身子一閃，雷震子的金棍恰好打在墨麒麟的後跨上，咔嚓一聲，那墨麒麟被打成為兩截兒。

聞仲失去了坐騎，跌倒在地，眼看雷震子舉棍殺他，他慌忙借土遁逃跑了。

辛環看到雷震子打死了墨麒麟，知是雷震子來了。他急忙展翅，向空中飛去。雷震子與辛環在空中激戰，打了幾十個回合。在旁邊的楊戩悄悄祭起他的寶貝哮天犬，一隻大狗突然跳起，咬住了辛環的腿。辛環正欲掙扎，雷震子一棍打來，正巧打在他的頭頂。辛環大叫一聲，跌在地上，死了。

聞太師損兵折將，只剩下他孤零零的一個人了。他駕土遁行了一程，在一座高山上落下歇息。坐到天明，肚子飢餓，站起身慢慢走下山去，尋找食物。

走沒多遠，見一打柴人。他問：「請告知此處離青龍關有多少路？」那樵夫一指前邊説：「不遠了，

不過十五里。」

聞太師哪裏知道，那樵夫是楊戩變的。

走了十五里，哪裏有什麼青龍關！有的卻是令人膽戰心驚的巍巍峻嶺。

聞太師見山勢險峻，心中疑惑。正猶豫時，忽見一位道人向他走來。仔細一看，他認出那道人是終南山玉柱洞的雲中子。

聞太師說：「你是雲中子？」雲中子點頭說：「正是貧道。」聞太師又問：「你一人來此荒山之中作什麼？」雲中子說：「貧道奉燃燈道人之命，在這裏等候你多時。你可知道，這裏是有名的絕龍嶺。你身處絕境，還不投降？」

聞太師聽後，哈哈大笑起來，說：「紂王無道，致使天下叛亂。天滅成湯啊！我聞仲有保紂之心，無回天之力。你雲中子有些本領，這我知道。但我聞仲也並非凡夫俗子，哼，我看你能把我怎樣？」

雲中子見聞仲毫無悔改之意，就唸着咒語，伸手向聞仲站處一指，平地一聲雷響，地上長出了八根通天神火柱，每根都有三丈多高，一丈來粗。雲中子又朝柱子一指，又一聲悶雷隆響，把柱子震開，從柱子裏竄出七七四十九條火龍。

霎時間，聞太師四周烈燄騰飛，一片火海。

聞仲捏着避火訣，那火熊熊燃燒，卻不能傷他。他大聲說：「雲中子，這火中的法術，人人都懂。你的本事，也不過如此而已。我不久留了，再見啦！」

他想，還是借火遁離去吧。所以，他口唸咒語，向上駕起雲光，升騰起來。不料，升沒多高，彷彿撞到了鐵板上，頭都撞破了。他大叫一聲，跌了下來。

原來，雲中子早就將燃燈道人交給他的紫金缽盂化成紅雲，罩在空中，使聞仲無法逃走。

雲中子在外邊繼續發雷。四處**霹靂**[①]，火勢更猛，可憐商湯首相，紂王太師，被大火燒成了灰燼。

雲中子見聞太師已死，就收了神火柱，回終南山去了。

---

① **霹靂**：又急又猛烈的雷響聲。

二十二、武王伐紂金雞嶺受阻

聞太師戰死的消息，很快傳到了朝歌。紂王聽後，大吃一驚。

為了剿滅西岐，紂王又先後派出了鄧九公、蘇護、洪錦等人率兵征伐，結果都吃了敗仗。其中鄧九公、蘇護、洪錦，還有鄧九公的女兒鄧蟬玉都歸降了西岐。

那鄧蟬玉能飛石打人，百發百中。歸降西岐後，由姜子牙作媒，嫁給了土行孫。

不久，姜子牙軍中又增加了李靖、韋護、龍吉公主等人，個個武藝高強。姜子牙認為西岐力量大增，討伐紂王的時機已到，就向武王姬發呈上了《出師表》，請求東征，攻打朝歌，立周滅商。

周武王姬發同意了姜子牙的建議，拜他為元帥，統領六十萬人馬伐紂。他自己也親自隨軍出征。

姜子牙命令：「由黃天化、哪吒、南宮適、武吉

四人為先行官；楊戩為頭運督糧官，土行孫為二運，鄭倫為三運。各路人馬依令行事，不得有誤。」

大軍開出西岐，出了岐山，來到了金雞嶺下。姜子牙見金雞嶺上紂兵安營紮寨，一打探，原來是紂王派來的大將孔宣率領的十萬人馬。

孔宣率領人馬走出營寨，擺出陣勢，叫陣說：「姜子牙，你等叛逆天朝，罪不可赦。紂王派我剿滅你們，看你們哪裏逃！」姜子牙注目一看，只見孔宣騎着紅馬，手握大刀，肩背上放射出青、黃、紅、白、黑五道光華。姜子牙說：「我西岐伐紂，順應民意。孔將軍若識時務，歸降於我，方是正理。」

孔宣不再說話，舞着大刀，殺了過來。洪錦在子牙身後，飛馬出陣，迎住了孔宣。二人殺了十幾個回合，孔宣將背上黃光一掃，就將洪錦給掃去了，只剩下一匹空馬。

姜子牙與眾將領看了，都吃了一驚。孔宣見姜子牙沒有動靜，就策馬飛奔，衝向姜子牙。姜子牙立即祭起打神鞭，不料，孔宣將肩頭紅光一掃，將打神鞭掃入神光中去，被孔宣收走了。

哪吒和雷震子見孔宣收走了師叔的寶貝，一齊說：「讓我們去拿他！」說着，衝向孔宣。孔宣不慌不忙，將背上黃光一掃，就把雷震子掃得無影無蹤了。哪吒一見不好，想抽身逃走，但卻晚了，被孔宣用白光一掃，也被孔宣捉了去。接着，又捉走了李靖、金吒、木吒等人。

姜子牙連連失去眾多將領，十分煩惱。正在發愁時，忽見空中落下一位騎鹿仙人。姜子牙連忙迎上去行禮說：「燃燈老師，你來得正好。」

燃燈道人說：「聽說這孔宣厲害，我倒要看看如何厲害。」

說罷，燃燈道人走出軍營，走向正在叫陣的孔宣。孔宣認識燃燈道人，說：「燃燈，你不在山中修行，來到此處幹什麼？」

燃燈道人說：「孔宣，我知道你在這裏作惡。我奉勸你辨明是非，改惡從善，歸降西岐。」

孔宣冷笑說：「人各有志，你豈能勉強於我。哼，讓你吃我一刀！」孔宣話未説完，那刀就砍了過來。燃燈道人急忙舉劍，架開了那刀，然後又揮劍直

刺孔宣。兩人戰了幾個回合，燃燈道人祭起二十四粒定海珠，來打孔宣。孔宣用背上紅光一掃，二十四粒定海珠全部落入紅光中去，被孔宣收了去。

燃燈急了，又祭起他的紫金缽盂。不料，紫金缽盂不僅沒能扣住孔宣，反而被孔宣用肩上神光掃去。燃燈心想，這孔宣果然厲害。燃燈正想着，那孔宣又用光來掃他。燃燈急忙化作一道金光，逃回姜子牙的軍營。

姜子牙連忙請燃燈坐下歇息，問：「老師，那孔宣肩上的五道光華，不知是何種寶貝？」燃燈想了想，說：「我仔細看了他的五道光華，光華中隱約顯出一雙翅膀來，但不知是什麼鳥。」

姜子牙點了點頭，說：「這就怪了，什麼鳥有如此大的道行？」

二十三、孔宣原是孔雀精

姜子牙與燃燈道人正說話間，門外軍政官走進軍營報告：「稟報姜元帥，外邊有一位道人求見。」姜子牙與燃燈道人連忙到轅門迎接。

那道人身穿道服，頭上梳着一雙抓髻，手中拿着一根樹枝。他主動說：「我是西方教下的准提道人。今日有事路過此處，見孔宣與你們激戰，阻攔金雞嶺，特來相助。」

燃燈道人與姜子牙十分高興，連忙請准提道人走進軍帳，熱情款待。第二天，孔宣又來討戰，准提道人說：「今日由我來對付他。」

孔宣見准提道人面生，問：「這位道人，請通姓名。」准提道人說：「我是西方教主准提道人，特來收降你。我勸你，隨我到西方修行，修成正果，何苦在此苦苦廝殺，陷入塵世煩惱中呢！」

孔宣喝道：「准提道人，你休多管閒事。不然，

我叫你不得善死！」説罷，舉刀殺了過來。准提道人將手中的七寶妙樹一刷，將孔宣的刀刷落在地。孔宣急忙又用肩上神光去掃准提道人，一下子將准提道人掃進紅光中去了。

這可嚇壞了燃燈道人和姜子牙，驚訝道：「這可如何是好！」可又一看，那孔宣一下子癡呆呆地瞪着雙眼，張着大嘴，一動也不能動了。突然，那孔宣肩上的五色神光中一聲雷響，現出准提道人。他站在紅光中，喝着：「畜牲，還不現出原形！」

准提道人話音剛落，那孔宣頂上的頭盔，身上的袍甲，紛紛碎落。又一聲轟響，孔宣一下子現出了原形，原來是一隻細目紅冠的大孔雀。

准提道人騎在孔雀背上，對燃燈和子牙說：「我騎在孔雀背上，就不下來了。我這就回西方去，後會有期。」

說罷，他將孔雀一拍，那孔雀展翅飛起，在祥雲圍繞中，向着西方飛去了。

紂軍失去了頭領，紛紛向姜子牙投降。姜子牙登上金雞嶺，在敵人後營中救出了被擒去的諸將。諸將大難不死，回營調養，準備繼續進軍朝歌。

知識泉

孔雀：屬鳥綱雞形目。身體似雉（形狀似雞的鳥）而較大，翼短小。雄孔雀身形壯麗，尾有長羽毛，能張開成扇狀。雌孔雀體形小，尾羽毛短。孔雀愛羣居於熱帶森林中，現今世界各地皆有飼養。

二十四、楊戩智取化毒丹

姜子牙率領幾十萬大軍，經過休整，繼續向朝歌進兵。這一天中午，探子來報：「丞相，前邊就是汜水關！」

汜水關守將韓榮聽説西岐兵將已到關下，急忙寫了告急文書，派人送往朝歌，請求救兵；一邊加強守城，準備迎敵。

次日，姜子牙派先鋒官哪吒到關下叫戰：「守將韓榮聽着，快開關投降，饒你不死！」

韓榮手下大將余化，大怒説：「讓我去收拾他！」説罷，催動騎的金睛獸，舉着畫戟，直奔哪吒。

這邊是風火輪，那邊是金睛獸；這邊是火尖槍，那邊是長畫戟，你來我往，大戰了二十多個回合。余化漸漸抵擋不住了，他慌忙後退十幾步，猛地祭起了化血神刀。

化血神刀飛到空中，如同閃電一般，忽啦啦落了下來。哪吒來不及躲避，刺中了脊背。他大叫一聲，跌下風火輪。姜子牙一見不好，急忙派人將哪吒救回。

哪吒被飛刀刺傷，激怒了雷震子。他一振雙翅，飛起來直奔余化，舉起金棍，劈頭就打。余化一躲，又祭起飛刀將雷震子刺傷。

姜子牙見傷了兩員大將，急忙退兵。回到軍營，只見哪吒和雷震子傷勢極重，危在旦夕。原來這化血神刀是余化的師父余元的寶物，那刀是余元採集各種毒藥煉成的，傷人之後，即刻中毒身亡。只因哪吒為蓮花化身，雷震子兩翅又是仙杏所變，所以才免去一死。

姜子牙正在發愁。楊戩催糧歸來，說：「糧草已到，特來稟報丞相。」姜子牙說：「很好，有勞將軍了。」楊戩問：「丞相為何憂愁？」

姜子牙歎了口氣，將余化神刀傷人事講了一遍。楊戩說：「師叔不要着急，讓我去金霞洞問問師父。」姜子牙點頭同意。

楊戩來到金霞洞，拜見師父。玉鼎真人問：「你不在你師叔那裏征戰，來此何事？」楊戩將余化神刀的情況講了一遍，說：「奉師叔之命，特來請教救治方法。」玉鼎真人說：「那余元煉就神刀同時，還煉了三粒解毒神丹，只有得到神丹才能救治哪吒和雷震子。你有變化神功，可變個余化索要神丹。」楊戩明白了，說：「弟子已懂，謝師父指點。」

楊戩依師父計策，仍借土遁來到東海蓬萊島。搖身一變，變成余化模樣。

假余化來見師父余元。余元問：「余化，你不在汜水關，來這裏幹什麼？」楊戩說：「師父，那姜子牙來攻汜水關，我第一陣用飛刀傷了哪吒；第二陣傷了雷震子。第三陣，我正要用飛刀刺那姜子牙，不料，他用手一指，反把飛刀指了回來，竟砍傷了韓將軍的肩膀。情況危急，弟子只好前來，請師父將神丹給我，速去救那韓總兵。」

余元說：「那神丹本來就是為解毒煉的，放在我

知識泉

蓬萊島：神話故事中的仙島，相傳是位於東海，周長五千里，山外有圓海圍繞，海水深黑，稱為冥海。無風而波浪高百丈，人不能渡過，只有飛仙能到。

這裏也沒用，你就都拿去吧。」楊戩拿了神丹，急忙駕起祥雲趕回汜水關。到了汜水關軍營，將經過稟告了姜子牙，姜子牙十分高興，說：「好，趕快將神丹讓哪吒、雷震子服下。」

哪吒與雷震子服了神丹，果然，不一會兒就都醒了過來，傷口也不疼了。雷震子跳起來喊：「我要去報這一刀之仇！」姜子牙攔他說：「你傷口未好，等等再說。」話還沒完，雷震子已經衝了出去。姜子牙只好對楊戩說：「你去助他一臂之力。」

雷震子和楊戩一起出陣，來到汜水關下叫戰：「余化出來！」余化騎上金睛獸，手持畫戟前來迎戰。他抬頭一看，大吃一驚，心想：「奇怪，這雷震子已被神刀砍傷，除了師父的神丹外，再也無藥可治，這是怎麼回事呢？」楊戩見余化發愣，急忙催馬上前，舉槍刺來。余化用戟攔擋，你來我往，戰了幾個回合。雷震子找了個機會，趁余化不防，從空中舉棍打了下去。余化慌將身子一閃，那金棍正打在金睛獸的屁股上。

金睛獸大叫一聲，倒在地上。余化不防，也一個

筋斗跌落在地，楊戩手急眼快，一槍結果了余化的性命。

余化一死，韓榮沒了依靠，就想棄關逃走。他的兒子韓昇、韓變說：「我們兄弟倆不比誰差，請父親撥兵，讓我們出關一戰。」韓榮阻擋不住，只好讓他們帶領三千人馬出關。

韓昇、韓變騎馬持槍，直奔姜子牙。姜子牙身後的鄭倫說：「讓我迎戰！」說罷，催馬上前，哪吒也跟了上去。四個人廝殺在一起，不分勝負。鄭倫見韓家兄弟槍法精奇，不易取勝，就把鼻子一哼，從鼻孔中噴出兩道白光。韓昇、韓變一見白光，立時喪魂失魄，從馬上跌下。哪吒和鄭倫搶上一步，輪槍舉劍，殺死了韓家兄弟。韓榮在城樓上，看到兒子被殺，大叫一聲，從關上跳下，自殺身亡。

姜子牙攻入汜水關，清理了韓總兵官邸，請武王歇息。武王問：「汜水關已克，丞相準備何時進兵界牌關？」姜子牙想了想，說：「稍事休整，三日後發兵。」

二十五、四教主力破誅仙陣

姜子牙正要進軍界牌關，黃龍真人匆匆忙忙前來説：「我有重要情報告訴你。」姜子牙連忙斟茶讓座，說：「師兄請講。」

黃龍真人説：「通天教主命多寶道人在界牌關擺了一座誅仙陣。這陣十分厲害，只有掌教師尊才能破它，你我等人都無能為力。你速速派人在界牌關外，搭好蘆篷，迎接眾道友和掌教師尊。」

姜子牙一一照辦。第三天，燃燈道人、廣成子、赤精子、太乙真人、靈寶大法師等十幾位大仙，陸續來到。燃燈道人用手一指前方，説：「諸位道友請看，二里之外，籠罩着一片紅光，那就是誅仙陣。」

諸仙向前靠近，仔細觀看，只見多寶道人在誅仙陣內，用手發了一個掌心雷，一聲巨響，把那一片紅氣震開，露出了誅仙陣陣圖。只見那陣有門有戶，東門上掛一口誅仙劍，西門上掛一口陷仙劍，南門上掛的是戮仙劍，北門上掛着絕仙劍。再看那陣內，殺氣騰騰，怪霧瀰漫，陰雲翻滾，時隱時現。

妖霧瀰漫中，多寶道人從誅仙陣中跳出來，大聲叫道：「玉虛宮門下，你等誰敢進我陣來？」眾仙因等待掌教師尊前來，所以沒有理那多寶道人。眾仙回到蘆篷，不久，就見空中響起仙樂，抬頭一看，只見老子騎着青牛，元始天尊坐着九龍沉香輦，從空中飄落下來。燃燈道人、姜子牙和眾仙一齊下拜，把兩位師尊迎進蘆篷。師尊頭上現出瑞氣彩雲，直達半空。

同一時間，在誅仙陣中，多寶道人也迎來了碧遊宮通大教主，還有隨通天教主前來的金靈聖母、無當聖母、金光仙、靈牙仙等門人。多寶道人說：「請通天教主到八卦台上就坐。」通天教主點點頭，上了八卦台坐定，頭上也現出瑞氣千條。

第二天，老子與元始天尊率領燃燈、子牙等門人，排好隊伍，來到誅仙陣前。多寶道人向通天教主報告說：「闡教教主與門人來到陣前。」通天教主說：「好。你等隨我出陣。」

老子見了通天教主，說：「通天賢弟，我和你

雖然各掌一教，可還是一個師父。商紂當亡，這是天意，你怎能擺下這一惡陣，殘害生靈？師兄我奉勸師弟，撤下此陣。如若不聽我勸，你後悔都來不及了。」

通天教主聽後，冷笑了一聲，說：「我與你的看法相反，明明是武王以臣伐君，大逆不道，哪裏是什麼順乎天理！再說，你闡教門人多次欺侮我截教弟子，我不能坐視不管。兩位師兄，我既擺下此陣，就無反悔之理，你們有本事就來闖陣，看我擒拿你們！」

老子哈哈大笑說：「那好吧，看我破你此陣！」說罷，他催動青牛，從西邊來到陷仙門前，接着從袖中取出太極圖，往空中一抖，變成一座金光閃閃的橋，直通陣裏。老子的青牛踏過金橋，進入誅仙陣。通天教主見老子進了陣，就將雙拳一放，只見陣內雷鳴電閃，黑霧瀰漫。此時，老子頭頂上現出一座玲瓏寶塔，發出萬丈光華，抵住了妖霧黑風。

通天教主舉起寶劍迎戰老子，老子舉起拐杖就打，二人廝殺了十幾個回合。忽然，老子將頭上魚尾冠一推，刷地一下，頭頂出現三道青氣。這三股青氣可厲害得很呢！

通天教主正與老子廝殺，只聽正東方一聲鐘響，閃出一位神仙，自稱上清通人，騎着白色怪獸，手舉寶劍，徑直刺向通天教主。

通天教主正與上清通人廝打，忽然正南方又一聲鐘響，閃出一位神仙，自稱玉清道人，身騎天馬，掄

知識泉

塔：塔是一種形象獨特的建築形式，自地面向上升起，垂直高聳，給人一種往上的感覺，因此也成為某種紀念性的象徵。中國塔最早建於佛教的寺廟中。

上清、玉清、太清：道教所供奉的神，合稱三清。

起靈芝如意朝通天教主打來。

知識泉

靈芝：古代人以芝草（一種寄生於枯木的菌類）作為仙草，稱為靈芝。認為能令人長生不老，又或能起死回生。

兩位神仙，加上老子，這可夠通天教主對付的。他正納悶，忽然正北方又一聲鐘響，閃出一位神仙，自稱太清道人，騎着仙鹿，手執龍鬚扇，與老子、上清通人、玉清道人，將通天教主團團圍住。通天教主只有招架之功，沒了還手之力，心中不免慌張起來。他哪裏知道，這三位神仙正是老子頭上的三股青氣化成的，有形有聲，卻不能長久。

戰了半個時辰，通天教主早已精疲力盡，忽聽一聲鐘響，三位神仙都不見了。通天教主心中奇怪，一走神，被老子狠狠打了幾拐杖。

多寶道人急忙來助通天教主，老子將太極圖祭入空中，喚來一名黃巾力士，吩咐說：「把他捉回洞府，等我回去發落！」黃巾力士領旨，把多寶道人拿走了。老子不想戀戰，一拍青牛，出了陷仙門。回到蘆篷。元始天尊問：「那誅仙陣裏，情況如何？」老子說：「這誅仙陣，的確厲害，除你我以外，眾門人都難以進去。它有四個門，我們二人各進一門，還有兩門誰進？」元始天尊說：「看來只有去請西方教主前來幫忙了。」

說罷，叫來了廣成子。元始天尊囑咐說：「你速去西方，把接引和准提兩位教主請來。」廣成子領命，駕起祥雲，往西方去了。

幾個時辰以後，廣成子將接引道人和准提道人請來了。

老子與元始天尊連忙請兩位西方教主在蘆篷入坐，說：「感謝兩位教主，前來相助。」接引道人說：「我們前來，一是為破誅仙陣，二來也是想收幾位和我們有緣的徒弟。」

元始天尊說：「那誅仙陣共有四門，我們四人各進一門。」接引道人說：「我進正南戮仙門。」准提道人說：「我進正北絕仙門。」元始天尊說：「我進正東誅仙門。」老子說：「我仍進正西陷仙門。」

四位神通廣大的教主分頭從四門進陣了。通天教主在陣中八卦台上見了，把拳頭一放，發出一聲響雷，使那四門上的寶劍向下砍去。元始天尊頭上出現

彩雲，雲上有千朵蓮花，抵住了誅仙劍。老子的頭上現出玲瓏寶塔，萬道光華，射住了陷仙劍。接引道人頭上現出三顆舍利子，射住了戮仙劍。准提道人手持七寶妙樹，樹上放出千朵青蓮，射住了絕仙劍。

四門四劍落不下來，四教主順利進入陣中。通天教主一驚，急忙騎上奎牛，向接引道人衝去，舉劍就刺。接引道人將手中拂塵一迎，那塵拂上生出五彩蓮花，托住寶劍。

其他三位教主此時也都趕到，將通天教主圍在中間，眾仙與他廝殺了五六個回合，他漸漸招架不住了。當他舉劍正招架元始天尊的玉如意時，不提防被老子的拐杖打中，從奎牛上滾下。他知道自己敵不過四位教主，想從空中逃走。於是，縱身一躍，起到空中。

哪知燃燈道人已在空中等候多時，用定海珠將通天教主打了下來。

知識泉

舍利子：舍利是指佛佗或聖者死後的遺體，經火化後結成一顆顆似珠粒的物體。

拂塵：用麈（獸名，似鹿而較大）尾或馬尾等獸尾毛做成的，用於拂除塵埃的器具。

元始天尊唸動咒語，收放雙拳，使誅仙陣內雷聲滾滾，火光沖天。站在四座陣門外的廣成子等人按元始天尊的安排，見到火光，仗着手中符印，前去摘取四陣門寶劍：廣成子摘了誅仙劍，赤精子摘了戮仙劍，玉鼎真人摘了陷仙劍，道行天尊摘了絕仙劍。四口寶劍被摘，陣主敗退，誅仙陣也就破了。通天教主無奈，借土遁逃回了碧遊宮，眾徒弟也都紛紛散去。

二十六、攻打穿雲關楊任出戰

周武王、姜子牙在眾仙人道友的幫助下，破了誅仙陣，界牌關守將徐蓋只好開關投降了。

稍事休整，姜子牙率領西岐大軍，兵臨穿雲關。穿雲關守將徐芳是徐蓋的弟弟，他請來了兩名道士，一個叫呂岳，另一個叫陳庚。兩位道人對徐芳説：「我們二人可以擺下一座瘟神陣，能讓姜子牙愁眉不展，敗在穿雲關下。」徐芳説：「那就有勞二位道長，事成之後，我為二位在天子面前請功。」

緊鑼密鼓，兩位道人很快擺好了瘟神陣。呂岳身穿道服，騎着梅花鹿，在陣前叫道：「姜子牙，你敢前來衝陣嗎？」説着，竟舉劍向姜子牙刺來。黃飛虎大怒，一拍五色神牛，挺槍迎戰。呂岳不是黃飛虎的對手，退回瘟神陣。

黃飛虎緊追不捨，衝進陣中。這瘟神陣中藏有二十一把瘟神傘，可以毒死千軍萬馬。呂岳跳上八卦台，拿起一把瘟神傘，支起來，頓時黑氣滾滾，毒霧撲面，黃飛虎中毒倒地，昏死過去。

呂岳大喜，又來到陣前叫道：「姜子牙，你的黃飛虎已死在陣裏，誰還敢進我陣？」雷震子和南宮適聽罷，一齊衝出來，殺進陣去。呂岳再次支起瘟神傘，將雷震子和南宮適毒倒在地。

連失三將，姜子牙鳴金收兵，坐在營帳中思考對策。忽有巡營官前來報告：「丞相，有一眼睛裏長手的怪人求見。」

姜子牙說：「請他進來。」那怪人進來行禮，說：「師叔，不認識我了吧？我原是紂王的上大夫楊任。師叔從朝歌逃走以後，我因勸諫紂王，反對修建鹿台，被紂王剜去了雙眼。後來，青峯山道德真君把我救去，又在我眼眶裏放了兩粒仙丹，這才從眼裏長出了兩隻手中眼。今天我奉師父之命，特來破呂岳的瘟神陣的。」姜子牙十分高興，說：「太好了。你先歇息一下，明日出戰。」

第二天，姜子牙列隊出戰。楊任騎着雲霞獸，手持飛電槍，直奔叫陣的呂岳。呂岳見來將長相奇特，

吃了一驚，問：「你是什麼人？」楊任説：「我是楊任，特來捉你！」兩個戰了幾個回合，呂岳向陣中敗走。楊任遵照師父囑咐，取出一粒避瘟丹，咽到肚裏，然後一拍雲霞獸的犄角，追進陣裏。

呂岳見楊任進了陣，慌忙跳上八卦台，支起瘟神傘。楊任吃了避瘟丹，已不怕瘟毒。他又取出五火

神飈扇，朝那瘟神傘一搧，那傘就化作了灰燼。楊任又連着搧了幾下，將那二十把瘟神傘全都燒掉了。呂岳大怒，與陳庚一起，舉劍向楊任殺來。楊任向着他們用神飈扇一搧，兩個道人和八卦台霎時都化成了灰燼。

姜子牙見楊任破了瘟神陣，立即命令眾將領衝進陣去，搶救黃飛虎、雷震子和南宮適。楊任將避瘟仙丹在三人口中各放一粒，三個人不一會兒就都蘇醒過來。

姜子牙派人送黃飛虎等三人回營休息，然後率領三軍眾官兵攻打穿雲關。架起雲梯，點燃火炮，幾十萬大軍不費吹灰之力，就攻入了穿雲關。守將徐芳頑抗到底，被亂軍殺死，守關士卒紛紛投降。

穿雲關大勝，武王犒賞三軍，休整了兩天。武王說：「紂王暴虐，百姓遭難，我等發兵征伐，為民解難，越快越好。明日即可向潼關發兵。」

潼關守將余化龍，有五個兒子，個個能征善戰，據關頑抗。姜

知識泉

潼關：在陝西省潼關縣北面。

子牙率軍拼死攻戰，歷時半月，終於攻下潼關，殺死了余化龍父子。

從西岐到朝歌，大軍伐紂，要經過五關，最後一關是緊挨着潼關的臨潼關。

通天教主在他的誅仙陣被破以後，雖返回仙洞神山，但心中不服。他說：「不出出這口氣，於心不甘！」於是，他策動金靈聖母在臨潼關外又擺下了一座萬仙陣，企圖阻止武王伐紂。

臨潼關前，闡教眾仙以老子和元始天尊為首，又一次聚會在一起，與通天教主率領的金靈聖母、無當聖母、龜靈聖母等數百名截教門徒展開了一場大鬥法、大會戰。鬥法中，金靈聖母被燃燈道人的定海珠打死；申公豹被元始天尊拿住，把他塞進北海眼裏。最後，闡教大勝，破了萬仙陣。

萬仙陣已破，眾仙歸山。姜子牙率軍攻打澠池。澠池一戰，大將黃飛虎戰死，土行孫與鄧蟬玉夫妻陣亡。眾將士奮勇殺敵，終於攻下了澠池，接着渡黃河，攻孟津，與各路起兵諸侯會師。總共一百六十萬人馬，在統帥姜子牙率領下，向朝歌進發。

二十七、火燒摘星樓紂王喪命

姜子牙率領諸侯伐紂大軍來到了朝歌城下，大兵壓境，紂王與妲己還在鹿台上飲酒作樂。大雪飄飄，天上地下一片雪白。妲己唱了一首小曲，紂王飲酒三杯。胡喜媚也唱了一首小曲，紂王再飲三杯。

紂王帶着醉意，說：「來，美人兒！」説着，將妲己和胡喜媚攬在懷裏。

從鹿台往城下瞭望，忽見城西河邊，有一老人和少年過河，只見老人不怕河水冷，少年卻凍得哆嗦。紂王納悶説：「應該老人怕冷，少年不怕，怎麼相反呢？」妲己笑道：「這是因為老人骨髓多，少年骨髓少。不信，請大王查看。」

紂王當即傳旨，捉那兩人，砍下他們腿骨來看。一個時辰後，奉御官拿來上那老人少年的腿骨……

知識泉

骨髓：填充在骨髓腔內的軟組織。分為紅骨髓和黃骨髓。紅骨髓是身體的造血組織；黃骨髓大多是脂肪組織，具有貯存養分的功能。

胡喜媚說：「姐姐能解腿骨秘密，我還會辨認孕婦肚中是男是女，我們也來試試。」

紂王點頭，說：「好。速速帶來三名孕婦。」

不一會，三名孕婦被押上鹿台。胡喜媚望着三位哭泣着的孕婦說：「她的肚裏是女。」又指着另兩位說：「她倆肚內是男。」

三名孕婦當即被剖腹驗看。孕婦的慘叫聲在鹿台上傳得好遠好遠……

紂王荒淫殘暴，殺人取樂，激怒了朝歌城的百姓與普通將士。人們盼望着黑暗快快過去，光明快快到來。

姜子牙兵臨城下，朝歌的百姓與守城將士吶喊着，自動打開了城門，歡迎伐紂大軍開進城裏。

紂王如夢初醒，大吃一驚，慌忙登上午門觀看，知道自己已被團團圍在皇宮，無處可逃。他驚惶失措地到後宮尋找妲己，但是卻怎麼也找不到了。原來，妲己與胡喜媚見紂王大勢已去，商量說：「妹妹，我們趕快逃吧。」胡喜媚點頭說：「還回軒轅洞去。」說罷，她們收拾了金銀財寶，駕起妖霧，升上天空。

姜子牙正在指揮人馬攻打午門，忽見頭上空中有兩股黑風往城外飛去，心中已明白了八九，急忙命令楊戩、哪吒：「妲己已駕妖風逃跑，你二人前去將她捉來！」

午門被攻破了。姜子牙捉到了奸臣費仲和尤渾。這時，楊戩和哪吒也將妲己和胡喜媚捉了來。姜子牙奏請武王知道，傳令：「將禍國殃民的費仲、尤渾、妲己、胡喜媚斬首示眾！」

紂王找不到妲己，心中急躁。又見追兵已到，只好退到摘星樓上。樓下是裏三層外三層的伐紂兵將。「殺死紂王！」喊聲此起彼伏。他見走投無路，就點起火來。摘星樓樓高風大，不一會兒，大火就烈燄騰騰，四處都是火海。

紂王就這樣在萬人聲討中，葬身火海了。

二十八、姜子牙岐山封神

朝歌失陷，紂王已死，大約歷經六百餘年的商朝滅亡了。

姜子牙請武王姬發登上九間殿天子寶座，八百諸侯一致推拜武王為天子。周朝從此開始了。周武王頒旨：廢除紂王的酷刑；大赦天下；開倉放糧，救濟災民；拆掉鹿台，把金銀珠寶賞賜給大小各路諸侯。

知識泉

周朝：（公元前1111公元前－1156）自周武王滅商，建立王朝起，到周赧王為秦所滅止，共855年。其中平王東遷到雒邑，在此之前為西周，之後為東周，是中國歷史上最長的皇朝。

一個月以後，姜子牙奏請武王說：「天子容稟，商朝已亡，各路諸侯都已返回各地。周朝國都不設在朝歌，我想，是否應在西岐？」

武王聽後，思索了一會兒，說：「丞相所言有理。我想，留兩位皇弟鎮守朝歌，我們返回西岐，在那裏建造國都，你看如何？」

姜子牙說：「天子所言，符合天意。微臣選定吉日，即可凱旋。」

武王為了安撫天下，將紂王的兒子武庚封為殷侯，繼續治理殷民。又修整了比干墓，取出了大禹時傳下來的象徵王權的九鼎。十幾天後，就和姜子牙率領人馬，返回西岐去了。

回到西岐，在距西岐城不遠的灃水東岸，修造了一座十分有氣派的王都，起名為鎬京。

周武王對姜子牙說：「丞相，此次起兵，各路諸侯伐紂，死了無數英雄，如何祭祀他們？」姜子牙連忙行禮道：「天子容稟。此事老臣已做安排，在岐山修造了封神台，近日即可舉行祭祀封神，讓死者在天之靈歸位，讓活着的人想念他們，不忘他們的戰績。」

知識泉

武庚：紂王之子，名祿父。紂王死後周武王封他為殷侯。武王死後，武庚與管叔、蔡叔、霍叔作亂，後來被周公所殺。

殷民：商代曾五次遷都，最後一次遷往殷，自始直到商朝滅亡，270多年間商代都始終在殷，因此商朝又名殷朝，人民稱為殷民。

大禹：古代部落的領袖。姓姒，名文命。原本是夏后氏部落領袖，奉舜命令治理洪水，成功後被舜選為繼承人，成為部落聯盟領袖。

鎬京：在現今陝西西安市西面。

不多日，封神台修好了。

姜子牙命武吉、南宮適帶領三千人馬來到封神台。南宮適將人馬排列成五方隊形，武吉在封神台前擺好香案祭品。準備就緒，姜子牙身穿道衣，手持封神榜，登上了封神台。

大司禮喊：「封神開始！」

姜子牙先向玉虛宮方向行禮，然後，左手執杏黃旗，右手握打神鞭，開始把周、商交戰中雙方死亡的將領和道人的姓名，一個個宣讀了一遍。

封神榜上共封了山神、雷神、火神、羣星列宿等三百六十五位正神。

故事討論園

1. 如果你是紂王的子民，你會喜歡他嗎？為什麼？

2. 妲己是個稱職的妃子嗎？為什麼你有這樣的看法？

3. 以現在的標準來看，哪吒是個乖孩子嗎？為什麼？

4. 姜子牙為什麼要在岐山進行封神的儀式？

5. 你對本書的哪一個人物印象最深刻？為什麼？

6. 《封神榜》是一部神魔小說，你覺得哪一個情節最令你覺得神奇虛幻？說說你的見解。

擴闊眼界

神魔小説，又稱神怪小説。是指中國以神、鬼、妖魔等為主題的古典小説，這類小説在明清時期頗興盛。除了《封神榜》，《鏡花緣》也是十分出色的神魔作品。

《鏡花緣》

由清代李汝珍創作。小説前半部分描寫了唐敖、多九公等人乘船在海外遊歷的故事，包括他們在「女兒國」、「君子國」、「無腸國」等地方的經歷。後半部寫了唐朝女皇帝武則天科舉選才女的情形。

前半部分的海外之國、異獸奇花等都寫得天馬行空。如虛構的「女兒國」，與現實社會剛好相反：「男子穿衣裙，負責家務之事；女子反而穿靴戴帽，主理政事」，男女角色對調，富有幽默感，又有諷刺的意味。

後半部的選才女，作者借百花仙女下凡，寫出了一大批超羣出眾的女子，各有獨特的專長：如通曉多種異邦語言的枝蘭音、打虎女傑駱紅蕖、神鎗手魏紫櫻和劍俠顏紫綃等，借表彰才女的方式，表現出男女平等的思想，是一部別開生面、生動有趣的作品。

許仲琳（約1560-約1630）

神魔小說《封神榜》，明代許仲琳所作，李雲翔修訂；亦有說是明代道士陸星雲所作。現在雖然認為許仲琳作的佔多數，但仍無法確定。

《封神榜》共一百回，估計作者是根據《武王伐紂平話》，再參考古書和民間流傳的故事寫成的，本書藉着這一歷史故事，對暴君和暴政作出了諷刺。

新雅 • 名著館

封神榜

原　　著：許仲琳
撮　　寫：馬光復
繪　　圖：野人
策　　劃：甄艷慈
責任編輯：黃婉冰
美術設計：何宙樺
出　　版：新雅文化事業有限公司
香港英皇道 499 號北角工業大廈 18 樓
電話：(852) 2138 7998
傳真：(852) 2597 4003
網址：http://www.sunya.com.hk
電郵：marketing@sunya.com.hk
發　　行：香港聯合書刊物流有限公司
香港荃灣德士古道 220-248 號荃灣工業中心 16 樓
電話：(852) 2150 2100
傳真：(852) 2407 3062
電郵：info@suplogistics.com.hk
印　　刷：中華商務彩色印刷有限公司
香港新界大埔汀麗路 36 號
版　　次：二〇一六年七月二版
二〇二一年六月第二次印刷

ISBN: 978-962-08-6614-2

18/F, North Point Industrial Building, 499 King's Road, Hong Kong
Published in Hong Kong, China
Printed in China